シェイクスピア
古典文学と対話する劇作家

小林潤司
杉井正史
廣田麻子
高谷　修

松籟社

シェイクスピア　古典文学と対話する劇作家

【目次】

まえがき

小林潤司

—— 9 ——

1 シェイクスピアの時代に
　「古典」は存在しなかった!?・・・・・・・・・・9
2 「新旧論争」と「古典」概念の生成・・・・・・・・12
3 シェイクスピアにとっての「古典」とは?・・・・・15
4 シェクスピアの「古典」受容は、
　どのように受けとめられてきたか?・・・・・・・17
5 本書の構成・・・・・・・・・・・・・・・・・・22

第1章
『メナエクムス兄弟』と『間違いの喜劇』の比較

杉井正史

—— 25 ——

1 暴力、狂気、詐欺・・・・・・・・・・・28
2 浮気、娼婦、非婚言説・・・・・・・・・35
3 首飾りのテーマ・・・・・・・・・・・・37
4 結論・・・・・・・・・・・・・・・・・51

第2章
『十二夜』にみられるオウィディウスの影響
——ナルキッススとエーコー

廣田麻子

—— 55 ——

1　実の入る前の豆のさや・色づく前の青リンゴ ・・・・56
2　おしゃべりなエーコー ・・・・・・・・・・・・・58
3　端正な嘘つき ・・・・・・・・・・・・・・・・・66
4　結論 ・・・・・・・・・・・・・・・・・・・・・71

第3章
『ヴィーナスとアドーニス』と古典文学

高谷修

—— 75 ——

1　ビオーンの「アドーニス哀悼歌」の中の
　　アドーニス・・・・・・・・・・・・・・・・・・76
2　『変身物語』第10歌に描かれる
　　ウェヌスとアドーニス・・・・・・・・・・・・・79
3　シェイクスピアのヴィーナスとアドーニス ・・・・86
4　結論 ・・・・・・・・・・・・・・・・・・・・・97

第4章
シェイクスピアとエクプラシス

小林潤司

—— 101 ——

1 「エクプラシス」とは？・・・・・・・・・・・101
2 オフィーリア漂流
　　——シェイクスピア、ミレー、そして漱石へ・・105
3 結論・・・・・・・・・・・・・・・・・・・・115

シェイクスピアの作品の主要な材源

—— 118 ——

あとがき

廣田麻子

—— 129 ——

索引・・・・・・・・・・・・・・・・・135
執筆者紹介・・・・・・・・・・・・・・・145

シェイクスピア　古典文学と対話する劇作家

まえがき

小林潤司

　まず、この本を手にとってくださったみなさんに、手短にお断りしておきたいことがあります。それは、「古典」(the classics) ということばの意味についてです。

　日本語の「古典」と英語の "the classics" が、それぞれ持っている意味の幅に違いがあるのは当然ですが、問題を英語の「クラシック」に限定して考えるとしても、その意味するところは、時代によって違いがある上に、たとえ同じ時代であっても、文脈によって指し示す範囲は変動します。さしあたって、この本で言う「古典」とは、「古代ギリシア・ローマの文化的な遺産として後世に伝わってきた著作物、特に、そのなかでも第一級の価値のある作品群」を指すことばであると、ご理解ください。

1　シェイクスピアの時代に「古典」は存在しなかった⁉

　シェイクスピア（William Shakespeare, 1564-1616）は、その多彩で奥深い作品世界を創造するために、上に述べた意味での「古典」を活用しました。このことについては、誰も異論を

さしはさむことはできません。彼は、たとえば、プラウトゥス（Titus Maccius Plautus, 254BC-184BC、古代ローマの喜劇詩人）の喜劇をもとにして『間違いの喜劇』（*The Comedy of Errors*）を、プルタルコス（Πλούταρχος, 46?-127?, 古代ギリシアの哲学者・伝記作者）の『対比列伝』（*Vitae Parallelae*）を下敷きにして『ジュリアス・シーザー』（*Julius Caesar*）や『アントニーとクレオパトラ』（*Antony and Cleopatra*）を書いています。これらの作品を材源と突き合わせてみると、シェイクスピアは、粉本を手許に置いて、それこそ首っ引きで、作品を執筆したのではないかと思われるほどです。

　シェイクスピアがこれらの「古典」に最初に触れたのは、少年時代に通った学校の教室でだったかもしれません。

　シェイクスピアは、故郷ストラットフォード・アポン・エイヴォンでグラマー・スクールの教育を受けたようです。学籍簿の記録などは一切残っていませんが、ストラットフォードにあった唯一のグラマー・スクールであるキングズ・ニュー・スクールに学んだことはほぼ確実と考えられています。「グラマー・スクール」とは、16世紀にイギリスの各地に設置された私立の学校で、そこではラテン語の文法、読解、作文、会話の訓練を中心とする教育が行なわれていました（だからグラマー・スクール、つまり文法学校、と呼ばれたのです）。その課程に進むための準備教育として、母語である英語の読み書きや算数の教育も、併設された幼稚舎で行なわれていました。

　グラマー・スクールは、人文主義と宗教改革の産物です。人

文主義とは、15世紀のイタリアを最盛期に、ヨーロッパ全体に広がった、文化と思想の革新運動である「ルネサンス」を支えた、ひとつの考え方の枠組みであり、その理念の中核をなすのは、古代ギリシア・ローマの文化的遺産の価値の再発見と学び直し、さらには、その学びを通して目指す人格の陶冶を表すことばです。またプロテスタンティズムは、個人が聖書に書かれた「神の御言葉」と直接向き合って、内面の信仰を不断にふりかえり、さらに深めていくことを求めますので、宗教改革のひとつの帰結として、すべての階層のこどもたちに聖書を正しく読むための教育を授けることが重要な課題として浮かび上がってきたのです。

　では、ちょっと荒唐無稽な想像をしてみましょう。タイムマシンでエリザベス時代のイングランドに行って、シェイクスピア本人にインタビューできるとして、たとえば「あなたは詩や戯曲を書くのに、たくさんの『古典』を使っておられますが、あなたにとって『古典』とは？」と尋ねたら、相手は何と答えるでしょう？　ほぼ確実に言えることは、シェイクスピアは、その質問の趣旨を正確には理解できないだろうということです。おそらく、肩をすくめて、「あなたが今おっしゃった、その『古典』というのは、一体何ですか？」と問い返してくるだろうと推測できるのです。

　それはなぜか？　では、世界最大最高の英語辞書『オックスフォード英語辞典』(*The Oxford English Dictionary*=OED) で「古典」(classic) という語を引いてみましょう。名詞としてのこの

語の最初の定義は「第一級の、卓越性が広く認知された書き手、あるいは文学作品。特に（これが本来の用法であるが）ギリシア語またはラテン語で書かれたもの」です。そこから、「古代ギリシア語またはラテン語の書き手なら誰でも」（つまり、第一級の卓越した作家に限らず、ということですね）、「（しばしば複数形で）ギリシア語・ラテン語文献一般」という意味が派生したということがわかります。

　ここで注目しなければいけないのは、この語のこの意味での最古の用例として OED が挙げているのが、1711 年に刊行されたヘンリー・フェルトン（Henry Felton）の本のタイトル（"Dissertation on reading the Classic"）であり、シェイクスピアが亡くなってから、なんと 95 年も後の用例だということです。だいたいシェイクスピアはその作品のなかで、この「古典」（classic）ということばを、派生語も含めて、一度も使っておりません。シェイクスピアの時代には、まだ「古典」という語を使って「古代ギリシア・ローマの作家の著述、特に卓越した著述の総体」を指す用法は確立していなかったのです。

2　「新旧論争」と「古典」概念の生成

「古典」ということばが、現在のヨーロッパ人が知っているような意味で普通に使われるようになった背景のひとつは「新旧論争」というものです。

「新旧論争」は、17 世紀後半から 18 世紀にかけて、フランスを主戦場にヨーロッパの各国で多発的に盛り上がった一種の集

団的な議論で、古代ギリシア・ローマの著述家たちの作品と、現代（その当時の「現代」ですね）の書き手たちの作品は、どちらがすぐれているかという論争です。言うまでもないことですが、このような論争は、「現代」にも、古代のすぐれた著述と比較できるような、まともな書き物が存在しているという一定の合意がなければ成り立ちません。この「論争」以前には、野蛮蕪雑で変化が激しい近代語（フランス語や英語）で書かれたものは総じて低俗で質が低く、すぐに読まれなくなってしまう短命な読み物であり、古典語（古代ギリシア語とラテン語）で書かれた立派な典籍とはまったく比較にならないと考えられていました。別の言い方をすれば、まともな書き物といえば、「古典」だけでしたから、特別にそれらをまとめて「古典」というラベルを貼る必要はなかったのです。

「第一級の」がもとの意味である「古典」という語（"classic"の語源となったラテン語の"classis"は「艦隊を国家に寄贈できるほどの富裕な上流階級の」が原義であり、英語の"class"「階級」の語源でもあります）によって、特に古代ギリシア・ローマの文献を指すようになったのは、近代語で書かれた「現代文学」のなかにもそれなりにまともな作品があり、もしかしたら、それらは古代ギリシア・ローマの作品にも匹敵するものであるかもしれない、という一定のコンセンサスが成立した瞬間からだったのです。

　もちろん17世紀に「新旧論争」の幕が切って落とされるまでには一定の準備期間がありました。シェイクスピアの時代

まえがき　13

に、すでにその準備期間に入っていたことは、彼の作品を、同じ時代の文筆家が誉め称えた詩文を見るとよくわかります。古代ギリシア・ローマの作家の著述になぞらえるのが称賛の常道になっているのです。

> As *Plautus* and *Seneca* are accounted the best for Comedy and Tragedy among the Latines; so *Shakespeare* among the English is the most excellent in both kinds for the stage [. . .].
> ラテン語作家のなかではプラウトゥスとセネカがそれぞれ喜劇と悲劇の分野で最もすぐれていると考えられているように、英語作家のなかではシェイクスピアが、両方の分野で最もすぐれている［以下略］。[1]

> And though thou hadst small *Latine*, and lesse *Greeke*, / From thence to honour thee, I would not seeke / For names; but call forth thund'ring *Æschilus*, / *Euripides*, and *Sophocles* to vs, / *Paccuuius*, *Accius*, him of *Cordoua* dead, / To life againe, to heare thy Buskin tread, / And shake a Stage [. . .].
> わずかなラテン語と、さらに乏しいギリシア語しか知らない君だが、／そんな君を称えるために古代の詩人たちの名前だけを／引き合いに出そうとは思わぬ。むしろ、雷のように朗々と響きわたるアイスキュロス、／エウリピデスにソポクレスの霊をここに喚び出し、／パクウィウスにアッキウス、コルドバ生まれの亡きセネカともども、／甦らせ、君の悲劇の長靴が靴音高

14　シェイクスピア　古典文学と対話する劇作家

く／舞台を揺るがすのを聞かせたい［以下略］。[2]

　このような対比が行なわれるようになっているということは、この時代に、すでに「新旧論争」への助走が始まっていたと考えられるでしょう。いや、現に2番目に引用したシェイクスピア称賛詩の作者でもあるジョンソン（Ben Jonson, 1572-1637）は、『発見録』（*Timber, or Discoveries*, 1640）のなかで、同時代の哲学者・科学者フランシス・ベイコン（Francis Bacon, 1561-1626）を、「不遜なるギリシアや傲慢なローマに勝るとも劣らぬ文業を英語で成し遂げた」（"perform'd that in our tongue, which may be compar'd, or preferr'd, either to insolent *Greece*, or haughty *Rome*"）と称えています。いつ「炎上」するかわからない、可能態としての「新旧論争」はすでに始まっていたと言えるかもしれません。古代ギリシア・ローマの典籍は無条件にすぐれたものであり、それになぞらえられることは、現代作家にとって無条件に名誉なことであるという通念が厳然と存在していた段階から、両者を同じ平面で対比し、どちらがすぐれているかを喧しく論じあう「新旧論争」の段階へと移行していく時代に、新しい「古典」概念が生成しつつあった現場で、「古典」と向き合っていたのが、シェイクスピアの世代の作家たちだったのです。

3　シェイクスピアにとっての「古典」とは？

　シェイクスピアが学校時代から折りにふれてひもとき、詩人・

まえがき　15

劇作家になってからはインスピレーションのひとつの源泉として利用した「古典」（当時はまだ、一般にそのことばでは呼ばれていなかったわけですが）を、現代の大学の西洋古典学科で研究されたり教えられたりしている「古典」とまったく同じものであると考えることはできません。

シェイクスピアにとっての「古典」とは、学校教育でまともに教えたり教わったりする価値のあるまともな書き物全体のことであり、それらはラテン語もしくはギリシア語で書かれた古代の典籍でした（くどいようですが、「古典」という語で、それらを呼ぶ慣習はまだ確立していませんでした）。

もちろんシェイクスピアは創作の典拠として英語の書き物も利用しています。たとえば、14世紀のジェフリー・チョーサー（Geoffrey Chaucer, c.1343-1400）やジョン・ガワー（John Gower, ?1330-1408）、さらにはトマス・ロッジ（Thomas Lodge, 1558-1625）やロバート・グリーン（Robert Greene, 1558-92）など、同時代の作家たちの作品です。今でこそ、それらの作品のいくつかは古典的な英文学の傑作として認知されていますが、当時はまだ、古代ギリシア・ローマの「古典」と肩を並べるものとは、一般に考えられていませんでした。言うまでもありませんが、シェイクスピア本人の作品についても事情は同じです。

また、シェイクスピアが触れた「古典」の実体は、グラマー・スクールのラテン文法書、ラテン読本などの教科書に収録された断片的なテクスト、当時流布していた種々雑多な分野の古典籍の翻刻本や英訳本です。現代の私たちが大学図書館で目にす

るような西洋古典全集（たとえばロウブ古典叢書や西洋古典叢書のような）に類するようなものは、当時存在しませんでしたから、現代の西洋古典学が研究対象として扱う「古典」が持っているような体系性は、ほとんどありませんでした。

　シェイクスピアと「古典」のかかわりということを考える上で、ここまで述べてきたことは、常に頭の片隅に置いておかなければなりません。さもなければ、思わぬ誤解につながってしまう可能性があるのです。

4　シェクスピアの「古典」受容は、どのように受けとめられてきたか？

　シェイクスピアが、いつ、どのように、どのような順番で「古典」に触れ、どのように「古典」と対話し、どのように「古典」を使って創作を行なったのか？　これらの問いに、多くの先人たちが取り組んできました。

　シェイクスピアの後輩劇作家であり、古典的（人文主義的）教養において当時彼の右に出るものはなかったベン・ジョンソンが、先ほど引用した第一フォリオ版シェイクスピア全集（1623）に寄せた称賛詩に記した「わずかなラテン語と、それより乏しいギリシア語しか知らぬ君」は、この問いへの最初の答えと言えるでしょう。ジョンソンのこの一見辛辣なことばが、「シェイクスピア＝古典に暗い無学者」、「シェイクスピア＝〈芸術〉よりも〈自然〉に多くを学んだ偉大な詩人」という両面価値的な評価の出発点になったのです。

まえがき　17

17世紀後半から18世紀にかけては「新旧論争」の時代でもあり、同時に新古典主義の時代でもあります。新古典主義は、古代ギリシア・ローマの古典から、さまざまな形式を、現代人が容易に模倣できるよう、「規則」として抽出し、合理的に整理すれば、それに従って書くことで、古典に匹敵するような「現代文学」を創作できるはずだという考え方です。「新旧論争」と新古典主義は、同じコインの裏表の関係にあります。
　「新旧論争」と新古典主義はいずれも、大陸（フランス）で興り、辺境国イギリスに波及しました。この考えの枠組みは、イギリス人にとっては、輸入品です。より進んだ文明圏からもたらされたありがたい舶来品でもありますが、辺境民としての自分たちの劣等を思い知らされる忌々しいものでもあります。

　ジョン・ドライデン（John Dryden, 1631-1700）は、イギリス人の新古典主義に対するアンビヴァレンスを体現した人物です。彼は、シェイクスピアの作品を新古典主義的な規則に合致するように書き改めた翻案（『アントニーとクレオパトラ』の翻案『すべて恋のために』[*All for Love, or The World Well Lost*, 1678]、『トロイラスとクレシダ』の翻案など）の作者であり、同時に、そのような規則に合致しない〈自然〉の詩人、シェイクスピアの擁護者、礼讃者でもありました。片方でシェイクスピアの新古典主義的「改良」に勤しみながら、もう片方では、「神のごときシェイクスピア」（"the Divine Shakespeare"）（『すべて恋のために』への序文）に恭しく拝跪するドライデンの姿勢は、私たちにはまったくちぐはぐなものに見えますが、この

ちぐはぐさのなかに、新古典主義という外来思想に対する辺境国人の複雑な心情がよく表われています。ベン・ジョンソンが打ち出した、〈芸術〉を欠いた詩人、〈自然〉を直接写した偉大な詩人としてのシェイクスピア像は、頭では、進んだ外来思想を尊重しながらも、同時に、それに無条件に従うことに抵抗感を感じてしまうイギリス人の愛国的な心情に甘く訴えかけるアイコンになったのです。

18世紀末から19世紀初頭に、新古典主義への反動として興ったロマン主義は、新古典主義的なシェイクスピア評価の筋目を逆転させます。シェイクスピアは、残念ながら〈芸術〉を欠いていたが、〈自然〉を直接写すことでその欠点を補い、偉大な劇詩人たりえた、というのではなく、〈芸術〉を欠いていたがゆえに、〈自然〉の天才たりえたのだ、という発想の転換です。18世紀から19世紀にかけての、このような文芸思潮の展開のなかで、必然的に、古典に学んだ劇作家としてのシェイクスピアの一面は、どうしても軽視されがちでした。

20世紀の半ばになって、シェイクスピアと「古典」とのかかわりについて実証的に研究し、それまでの見方をがらりと変えた大著が刊行されます。T. W. ボールドウィン（Thomas W. Baldwin）の『ウィリアム・シェイクスピアのわずかなラテン語と、それより乏しいギリシア語』（*William Shakespeare's Small Latine and Lesse Greeke*）[3]です。このタイトルは、もちろん、ベン・ジョンソンの「わずかなラテン語と、さらに乏しいギリシア語しか知らぬ君」にちなむものです。

ボールドウィンは、16世紀のグラマー・スクールにおける古典語教育の教育課程について現存する資料を網羅的に調査し、シェイクスピアの古典的教養が侮れないレベルのものであったことを示しました。ボールドウィンによると、少年シェイクスピアのラテン語の読解力は、今日の大学古典学科の学部生よりもすぐれていたと考えるべきであり、例のベン・ジョンソンの揶揄(やゆ)は、古典的教養の巨人ジョンソンの目から見た評価であるから、額面通りに受けとめるべきではないというのです。

　ボールドウィン以後のシェイクスピア研究は、当時の古典語教育を過度に理想化し、シェイクスピアの古典語の教養を高めに見積もろうとするボールドウィンの明らかな傾向に多少の修正の必要を認めながらも[4)]、基本的には、彼が敷いた新しい路線を進んできたと考えてよいでしょう。現在では、シェイクスピアを古典語に暗い無学者だと考える研究者はほとんどいません。

　20世紀以後のシェイクスピアと「古典」のかかわりについての研究は、それこそ汗牛充棟(かんぎゅうじゅうとう)ですが、その傾向を大づかみに概観すると、およそ三つの潮流に大別できます。

（1）個別の作品に典拠となった「古典」作品を可能な限り特定し、作品と原典を、プロット、表現技巧、テーマ、モチーフなど、さまざまな観点から比較することで、シェイクスピアの劇作家・詩人としての創作法の特質を明らかにしようとする研究。

(2) 特定の古典作家をシェイクスピアがどのように受容し、創作のインスピレーションとして活用したかを考究する研究。

(3) 個別の作品間の照応関係を越えて、創作家としてのシェイクスピアの発想法のなかに、古典語教育を通して身につけた人文主義的素養の裏付けを探ろうとする傾向の研究。

(1)の傾向を代表する業績としては、何を措いてもジェフリー・ブロー（Geoffrey Bullough）の材源集成[5]を挙げるのが適当でしょう。シェイクスピアの全作品について、徹底した考証によって、それぞれの材源を特定し、材源と断定できないまでも関連がありそうな作品についても「類似作品」としてピックアップして、シェイクスピアが目にしたと推定される刊本から収録（抄録を含む）した「材源研究」の基礎資料で、(1)の傾向の研究を行う際に、必ず参照される文献でもあります。

(2)は、(1)の系統の研究を補完する潮流です。代表的な研究としては、たとえば、物語詩や恋愛喜劇にとどまらず、ソネット集や悲劇も、作者のオウィディウス（Publius Ovidius Naso, 43BC-AD17）耽読の痕跡に満ちあふれていることを確証した、ジョナサン・ベイト（Jonathan Bate）の『シェイクスピアとオウィディウス』（*Shakespeare and Ovid*）[6]を挙げることができます。

(3)はヴァリエーションが多く、(1)と(2)とは違って、誰も

が納得する典型例を挙げることはむずかしいのですが、エムリス・ジョーンズ（Emrys Jones）の『シェイクスピアの起源』（*The Origins of Shakespeare*）[7]あたりを挙げるのが適当でしょうか。個別作品のプロットや表現技巧に注目して、しかじかの「古典」作品を典拠にしているのではないかという、影響関係の特定のしかたではなく、シェイクスピアの創作活動を支えている発想のパターンに着目し、特定の「古典」作品というよりも、シェイクスピアが受けた古典語教育や、当時の人文主義的な思潮のなかに、その起源を求めるというやりかたの研究です。

5　本書の構成

　本書は、シェイクスピアと古典文学との関係をめぐる先人たちの研究の蓄積を踏まえて、前節で概観した現代の研究動向を、できるだけわかりやすく、コンパクトなかたちで、日本の一般読者、シェイクスピアの演劇や詩の愛好者、英文学を専攻する学生のみなさんに紹介するガイドブックです。

　本書は四章立てで、構成は次の通りです。

　　第1章　『メナエクムス兄弟』と『間違いの喜劇』の比較
　　第2章　『十二夜』にみられるオウィディウスの影響——ナルキッススとエーコー
　　第3章　『ヴィーナスとアドーニス』と古典文学
　　第4章　シェイクスピアとエクプラシス

第1章から第3章までは、先述の研究動向の(1)および(2)の系統に連なるセクションです。第1章では、シェイクスピアの初期の喜劇『間違いの喜劇』とその粉本であるプラウトゥスの喜劇作品を、第2章では、中期の喜劇『十二夜』(*Twelfth Night*)に見られるオウィディウスの『変身物語』(*Metamorphoses*)の影響を取り上げ、シェイクスピアが材源をどのように踏襲し、どのように改変しているかに注目することで、彼の詩的・演劇的想像力の特質についてそれぞれ別の方向から光を当てます。第3章はシェイクスピアの物語詩『ヴィーナスとアドーニス』(*Vinus and Adonis*)を取り上げ、詩人が直接典拠として利用したと推定される『変身物語』だけではなく、アドーニス譚のヴァリエーションをオウィディウスの先行作品にまでさかのぼって検討することで、伝承物語としての神話が、時の移り変わりとともに、どのように変容しながら継承されていくかを跡づけています。

　第4章は、研究動向の(3)の系統につらなるセクションです。絵画、彫刻といった造形芸術をことばによって詳細に描写する「エクプラシス」という表現モードに注目し、シェイクスピアが人文主義的な古典語教育を受けるなかで親しんだと推定される「エクプラシス」が、シェイクスピアの演劇的言語の成立にどのようにかかわっているかを考察しています。

　本書が取り扱っているのはごく限られた範囲にすぎませんが、全体を読んでいただければ、シェイクスピアと古典文学のかかわりという研究分野の現在をある程度広く見渡すことがで

きるように構成されています。この小さな本が、この分野の研究への興味を少しでも喚起できたとしたら、これほどうれしいことはありません。関心を持ってくださった読者には、さらに奥深い研究の世界への一歩進んだ手引きとして、マーティンデイル（Charles Martindale）とテイラー（A. B. Taylor）共編のガイドブック[8]をお薦めしたいと思います。

注
1) フランシス・ミアズ『知恵の宝庫』[Francis Meres, *Palladis Tamia, Wits Treasury* (London, 1598)]。
2) ベン・ジョンソンが第一フォリオ版シェイクスピア全集に寄稿した称賛詩より [Ben Jonson, "To the memory of my beloved, The Author Mr. William Shakespeare: And what he hath left vs", contributed to *Mr. William Shakespeares Comedies, Histories, & Tragedies* (London, 1623)]。
3) T. W. Baldwin, *William Shakespeare's Small Latine and Lesse Greeke*, 2 vols. (Urbana: U. of Illinois P., 1944).
4) たとえば、シェイクスピア学者ではなく西洋古典学者の立場から、シェイクスピア本人ばかりでなく当時のイギリスの古典語教育のレベルを過大に見積もることに警告を発したのが、J. A. K. Thomson, *Shakespeare and the Classics* (London: George Allen, 1952).
5) Geoffrey Bullough (ed.), *Narrative and Dramatic Sources of Shakespeare*, 8 vols. (London: Routledge; New York: Columbia UP, 1957-75).
6) Jonathan Bate, *Shakespeare and Ovid* (Oxford: Clarendon, 1993).
7) Emrys Jones, *The Origins of Shakespeare* (Oxford: Clarendon, 1977).
8) Charles Martindale and A. B. Taylor (eds.), *Shakespeare and the Classics* (Cambridge: Cambridge UP, 2004).

第1章

『メナエクムス兄弟』と『間違いの喜劇』の比較

杉井正史

　シェイクスピアの『間違いの喜劇』(*The Comedy of Errors*) は、ローマのプラウトゥス (Titus Maccius Plautus, *c*.254BC-184BC) の劇『メナエクムス兄弟』(*Menaechmi*) を主な材源としています。ベン・ジョンソン (Ben Jonson, 1572-1637) から"small Latine, and lesse Greeke"[1] と評されたシェイクスピアはウォーナー (William Warner, *c*.1558-1609) の英語訳で『メナエクムス兄弟』を読んだという説もありますが[2]、マイオラ (Robert S. Miola) は「シェイクスピアは直接原典に当たっていた」と主張しています[3]。ブロー (Geoffrey Bullough) が指摘するように、さまざまな粉本が存在する可能性があるのは事実ですが、プラウトゥスの『メナエクムス兄弟』が一番重要な粉本であり、シェイクスピアの劇とこの『メナエクムス兄弟』を比較するのは意味のあることだと思われます。さて、両方の劇の比較ということで見ると、両者の出だしの雰囲気はかなり違います。

シェイクスピアが材料としているプラウトゥスの劇『メナエクムス兄弟』では、最初からふざけた雰囲気が醸し出されています。冒頭、双子の一人であるエピダムヌス（Epidamnus）のメナエクムス（Menaechmus）（＝メナエクムスＡ）の食客ペニクルス（Peniculus）が、自分の名前の由来と食物への執着と主人メナエクムスＡへの寄生を表明します。

> PENICULUS.　Iuventus nomen fecit Peniculo mihi,
> 　　ideo quia mensam, quando edo, detergeo.
> 　　homines captivos qui catenis vinciunt
> 　　et qui fugitivis servis indunt compedes,
> 　　nimis stulte faciunt mea quidem sententia. (1.1.1-5) [4]
> ペニクルス　若い連中はおれにペニクルスという名前をつけやがった。
> 　　おれが食べると、テーブルをすっかりきれいにしちまうからだとよ。
> 　　捕虜になった人間を鎖で縛る奴らや、
> 　　逃げた奴隷たちに足枷をかける奴らは、
> 　　おれに言わせりゃ馬鹿なことをしてるもんさ。

いかにも滑稽な画策が始まろうとする雰囲気です。次の場面では、メナエクムスＡがどれだけ妻を嫌っているかが強調されます。一方、シェイクスピアの劇は、双子の父、敵国で捕まったイージオン（Egeon）の苦境の紹介から始まります。

EGEON.　Proceed, Solinus, to procure my fall,

　　And by the doom of death end woes and all.

DUKE.　Merchant of Syracusa, plead no more.

　　I am not partial to infringe our laws;

　　The enmity and discord which of late

　　Sprung from the rancorous outrage of your Duke

　　To merchants, our well-dealing countrymen,

　　Who, wanting guilders to redeem their lives,

　　Have seal'd his rigorous statutes with their bloods,

　　Excludes all pity from our threat'ning looks;（1.1.1-10）

イージオン　どうか公爵様、死刑宣告のご処置を。

　　そしてこの世の悲しみ苦しみをまぬかれますご処分を。

公爵　シラキュースの商人、もう言うな。

　　そなたにだけあわれみをかけ、法をまげることはできぬ。

　　だいたいそなたの国の公爵がわが国の善良な商人たちに、

　　悪意に満ちた残虐なふるまいをしたために、

　　近頃両国に不和あつれきが生じた。彼らの身代金が

　　不足したために、苛酷な法令に証印を押すに

　　彼らの血をもってしたのだ。われらとて眼差に

　　あわれみの色を消し、きびしさを加えざるをえないではないか。

冒頭からイージオンに対する死刑の宣告と家族との別れが語られます。さらにこの場面の終わりは "Hopeless and helpless doth

Egeon wend, / But to procrastinate his lifeless end"（1.1.157-58）「あてもなくすべもなく、イージオンはでかけるのだ。いのちなき最期をひきのばすだけのために」というイージオンの悲嘆で締めくくられています。シェイクスピアの喜劇の方が、悲劇の設定に近いような出だしであるのに対して、プラウトゥスの喜劇の方は、"captivos"「捕虜」や"fugitivis servis"「逃げた奴隷」が住む日常の詐欺、痴話喧嘩の世界、新喜劇（New Comedy）の世界です。しかし、このように冒頭の雰囲気がかなり異なっているものの、どちらも双子の取り違えからおこる笑いをメインにした喜劇です。本章では、二つの喜劇を比較して、シェイクスピアがどのような手法を模倣しているのか、またどのようなテーマを導入しているのかを検討したいと思います。

1　暴力、狂気、詐欺

　多くの研究者が指摘するように『メナエクムス兄弟』では、双子が一組登場するのに対し、『間違いの喜劇』では双子は主人と召使いの二組が登場します。このためシェイクスピアの喜劇の方が間違いが複雑化して、滑稽さが増幅されるのは言うまでもありません。しかし、その他でもシェイクスピアが、プラウトゥスに負っているモチーフがあります。双子の見間違いによる混乱の副産物として振るわれる暴力がそうです。こういったことで生じる笑いは大いに滑稽であることをシェイクスピアはプラウトゥスから習ったのだと思われます。『メナエクムス兄弟』では、メナエクムスAとメッセニオ（Messenio）（シラ

キュース（Syracuse）のメナエクムス（＝メナエクムス B）の奴隷）が、メナエクムス A の義父の呼んだ奴隷たちに担ぎ上げられて連れていかれようとする時、二人は義父や奴隷たちを殴りつけます。メッセニオは

> eripe oculum isti, ab umero qui tenet, ere, te obsecro.
> hisce ego iam sementem in ore faciam pugnosque obseram.
> 　　　　　　　　　　　　　　　　　　　　（5.7.23-24）
>
> 旦那さん、どうにか、あなたの肩をかついでいるそいつの目玉を引っこ抜くんだ。
> 私はこっちの奴らの顔にお見舞いして、片っ端から拳骨を食らわしてやりまさあ。

と叫びます。"eripe oculum"「目玉を引っこ抜け」に似た表現はシェイクスピアにもあります。第4幕第4場で妻に誤解されているエフェサス（Ephesus）のアンティフォラス（Antipholus）は、"But with these nails I'll pluck out these false eyes / That would behold in me this shameful sport"（4.4.102-03）「おれに恥をかかせて楽しんでやがるその嘘つきの眼の玉を、この爪でえぐりとってやるぞ」と妻エイドリアーナ（Adriana）を脅迫します。これらの表現に遠慮のない暴力が表れています。言うまでもなく暴力はスラップスティックでは不可欠の要素です。特にシェイクスピアの作品では、双子の召使いドローミオ兄弟が、間違いのために主人から遠慮なく暴力を振るわれます。第1幕第2

場で召使いに金を預けたと思っているシラキュースのアンティフォラスは、別の召使いであるエフェサスのドローミオがその金のことを忘れていると思って暴力を振るいます。

> Now as I am a Christian, answer me
> In what safe place you have bestow'd my money,
> Or I shall break that merry sconce of yours
> That stands on tricks when I am undispos'd;（1.2.77-80）
> やい、おれの金をどんな安全な場所にあずけてきたか、
> 返事しろ、さもないと間違いなく、いい気になって
> ふざけていやがるきさまの頭を、心ならずも
> ぶち割ることになるぞ。

さらに、自宅から閉め出されたエフェソスのアンティフォラスとドローミオ主従は、門をたたき、鶴嘴でたたき割ろうとします。プラウトゥスに劣らぬ暴力が振るわれているのです。

狂気のモチーフも酷似しています。これもシェイクスピアがプラウトゥスから取り入れたのだと思われます。『メナエクムス兄弟』では、舞台であるエピダムヌスが詐欺、狂気、誘惑に結びつけられます。

> nam ita est haec hominum natio: in Epidamnieis
> voluptarii atque potatores maxumi;
> tum sycophantae et palpatores plurumi

in urbe hac habitant; tum meretrices mulieres

　　nusquam perhibentur blandiores gentium.

　　propterea huic urbi nomen Epidamno inditumst,

　　quia nemo ferme huc sine damno devortitur.（2.1.33-39）

　だって、この国の奴らがどういう人間かというと、エピダムヌスに住む連中は

　　最低の道楽者や飲んだくれなんです。

　　それから、大勢の詐欺師やぺてん師が

　　この町には住んでまさあ。おまけに商売女たちときたら、

　　世界のどこにもこれほど甘い言葉で誘惑する女たちはいないでしょう。

　　だからこそ、この町にはエピダムヌスという名前がついたんです。

　　この町に立ち寄って損を食らわない者はまず一人もないからで。

"Epidamnus"の"damnus"は次の行で言われる単語"damnum"（損害）に通じるというわけで、「だからこそ、この町にはエピダムヌスという名前がついたんです」という台詞になっています。シェイクスピアでは、シラキュースのアンティフォラスが舞台であるエフェサスについてこう言います。

　　They say this town is full of cozenage,

　　As nimble jugglers that deceive the eye,

>   Dark-working sorcerers that change the mind,
>   Soul-killing witches that deform the body,
>   Disguised cheaters, prating mountebanks,
>   And many such-like liberties of sin:（1.2.97-102）
>   この町は詐欺かたりでいっぱいだという。
>   眼をあざむくすばしっこい詐欺師、
>   心をまどわす邪法の祈禱師、
>   体をかたわにする魂殺しの魔女、
>   姿を変えたペテン師、おしゃべりのいかさま師、
>   その他もろもろの悪徳のやからが住みついているという。

プラウトゥスの"sycophantae"「詐欺師」や"palpatores"「ペテン師」とシェイクスピアの"jugglers"「詐欺師」は類似していますし、プラウトゥスの"voluptarii"「道楽者」とシェイクスピアの"liberties of sin"「悪徳のやから」も類似しています。またシェイクスピアは、プラウトゥスの meretrix「商売女」（具体的には登場人物のエロティウム（Erotium））から、登場人物のCourtesan「娼婦」を借用しているように思えます。

　さらに、双子の一人が混乱のために狂気を疑われて、親族から治療を強制されるというパターンも同じです。治療師はプラウトゥスでは医者であり、シェイクスピアでは悪魔払いをする教師のピンチ（Pinch）です。

>   MATRONA.　　Viden tu illi oculos virere? ut viridis exoritur colos

ex temporibus atque fronte, ut oculi scintillant, vide.（5.2.76-77）
　婦人　ほら、あの人（メナエクムス B）の眼が青味がかっているわ。青ざめた色が
　　　こめかみや額に現われてるわ。ほら、眼がぎらついている。

第 5 幕第 2 場で、主人公（メナエクムス A）の妻（matrona）は、メナエクムス B を主人のメナエクムス A と間違えたため、メナエクムス B を狂気だと確信し、上記のような台詞を言います。この状況などはシェイクスピアの劇の台詞と似ています。シェイクスピアの劇の第 4 幕第 4 場で、エフェサスのアンティフォラスの義妹ルシアーナ（Luciana）と娼婦（Courtesan）は、エフェサスの町の住人を信じられなくなって彼らに挑発的な態度を取るシラキュースのアンティフォラスと、エフェサスのアンティフォラスを勘違いして次のように述べます。

　　LUCIANA.　Alas, how fiery and how sharp he looks.
　　COURTESAN.　Mark how he trembles in his ecstasy.（4.4.48-49）
　ルシアーナ　まあ、火のように怒って、こわい顔。
　娼婦　ごらんなさい、狂気の発作でぶるぶるふるえて。

特に、プラウトゥスの "oculi scintillant"「眼がぎらついている」とシェイクスピアの "how fiery"「火のように怒って」は表現が類似しています。同じ場面で、妻の父はメナエクムス B の狂気に驚き医者を呼ぶことにします。

SENEX.　vel hic qui insanit, quam valuit paulo prius.

　　ei derepente tantus morbus incidit.

　　ibo atque accersam medicum iam quantum potest.（5.2.121-23）

老人　この男は気が狂ってしまっている。ついさっきまであんなにまともだったのに。

　　これほどの病がまったく突然降りかかるとは。

　　それじゃ、できるだけ早く医者を呼んでくるとしよう。

シェイクスピアでは、この町の人間たちの行動を理解できなくなって、抜剣して町の人間に襲いかかってから尼僧院の中に消えたシラキュースのアンティフォラスを自分の夫と勘違いして、エイドリアーナは、その夫について、尼僧院長エミリア（Emilia, Abbess）に対して次のように説明します。

ADRIANA.　This week he hath been heavy, sour, sad,

　　And much, much different from the man he was;

　　But till this afternoon his passion

　　Ne'er brake into extremity of rage.（5.1.45-48）

エイドリアーナ　この一週間、ふさいで不機嫌で沈んだ顔をしていました。

　　いつものあの人とは、まるですっかり別人のようでした。

　　でも怒りくるって暴れ出したのは、

　　今日の午後からでございます。

プラウトゥスでもシェイクスピアでも、誤解から狂気だという勘違いが起こっています。このようにシェイクスピアは、『メナエクムス兄弟』に現れている暴力、狂気、詐欺などのテーマを発展させているのです。これらが喜劇に必要な滑稽さの要素であることは言うまでもありません。

2 浮気、娼婦、非婚言説

結婚で終わるシェイクスピアのいろいろな喜劇を知る者にとって驚きは、『メナエクムス兄弟』の非婚言説です。露骨に結婚や妻に対する嫌悪が示されます。冒頭メナエクムスＡは次のように独白します。

> Ni mala, ni stulta sies, ni indomita imposque animi,
> quod viro esse odio videas, tute tibi odio habeas.
> praeterhac si mihi tale post hunc diem
> faxis, faxo foris vidua visas patrem.（1.2.1-4）
> お前が性悪女とか、馬鹿者とか、手に負えない物狂いというのでないなら、
> 夫にとって嫌なことは、お前も嫌がれ。
> こののちまた僕に対してそういうことを
> するなら、離婚するから家を出て父親のところへ行け。

『メナエクムス兄弟』でも『間違いの喜劇』でも、双子の一人に妻の他に愛人や娼婦がいるという状況は似ています。『間違

いの喜劇』では、エフェサスのアンティフォラスが自宅を閉め出されて娼婦の家で食事をする羽目に追い込まれるという事態が起こり、彼の浮気は半ばやむを得ないもので、その妻への嫌悪は強調されてはいません。それに対して『メナエクムス兄弟』では、メナエクムスＡは、最初から妻を裏切るつもりであり、間違いの起こる前から妻のマントや金の腕輪を持ち出し娼婦エロティウムに与えようとします。しかしどちらの妻も夫から軽視される嘆きを表明します。

> MATRONA.　Egone hic me patiar frustra in matrimonio,
> 　　ubi vir compilet clanculum quidquid domist
> 　　atque ea ad amicam deferat?（4.1.1-3）
> 婦人　どうして私って、馬鹿にされてまでこんな結婚生活に耐えていくんでしょう。
> 　　夫は何でも家にあるものはこそこそ盗み出して、
> 　　女のところへもって行くっていうのに。

『間違いの喜劇』では、なかなか食事に帰ってこないエフェサスのアンティフォラスを待ちながら、妻のエイドリアーナは不平を言いますが、そこには夫の浮気相手のことが言及されています。

> ADRIANA.　His company must do his minions grace,
> 　　Whilst I at home starve for a merry look.

Hath homely age th'alluring beauty took

  From my poor cheek?（2.1.87-90）

エイドリアーナ　あの人は好きな女のところで晴れやかに喜ばせているんだろう。

　　わたしは家であかるい眼差を待ちくたびれているのに。

　　年をとって私の容色もだいぶくたびれ、あわれな頬から男心をそそる美しさも

　　失われたのだろうか。

この他にもエイドリアーナは嫉妬を示しますが、それは夫ではないシラキュースのアンティフォラスが自分に対して無関心であったり、その彼が妹のルシアーナに求婚したと聞いたためで、彼女の嫉妬は人違いと密接に結びついています。

　このようにシェイクスピアは、『メナエクムス兄弟』に現れている嫉妬のテーマを、家族の再会劇の感動の障害にならない程度に利用しているのです。

3　首飾りのテーマ

　どちらの劇にも双子の一人が持っている金の飾りが出てきます。『メナエクムス兄弟』では金の腕輪であり、『間違いの喜劇』では首飾りであり金の鎖です。娼婦エロティウムの女中（ancilia）は、エピダムヌスのメナエクムス（メナエクムスA）に嘆願します。

ANCILIA.　Menaechme, amare ait te multum Erotium,
　　　　ut hoc una opera sibi ad aurificem deferas,
　　　　atque huc ut addas auri pondo unciam
　　　　iubeasque spinter novom reconcinnarier.（3.3.1-4）
召使いの女　メナエクムス様、エロティウム様がおっしゃるのですが、
　　　あなたに、この腕輪を金細工師のところへ一緒にもって行ってもらい、
　　　これに1ウンキアの重さの金を足して、
　　　新しく作り直すようにおっしゃっていただくことをお願いする、と。

この女中はさらにこう加えます。

ANCILIA.　Hoc est quod olim clanculum ex armario
　　　　te surrupuisse aiebas uxori tuae.（3.3.8-9）
召使いの女　これは、前にあなたの奥さんの宝石箱から
　　　こっそり盗み出してきたとあなたがおっしゃっていたあれです。

言うまでもなく、金の腕輪や金細工師のことは、プラウトゥスの "aurum" や "spinter" や "aurifix" という言葉の中に現れています。シェイクスピアでは、"carcanet"（3.1.4）「首かざり」や "chain"（2.1.106 *et al*）「鎖」という形で出てきます。メナエク

ムス A の愛人エロティウムの召使いの女の台詞からも分かるように、"aurum"「金」の "spinter"「腕輪」はメナエクムス A が以前に妻から奪って、マントと一緒にエロティウムに与えていたものです。金の腕輪は間違って金細工師（aurifix）の所へ持っていくようにメナエクムス B に渡されます。これらはその後、メナエクムス A の妻に返還されます。金の腕輪は夫婦の不和の原因となるものですが、プラウトゥスの『メナエクムス兄弟』ではそれ以上発展することのない事件です。

　『間違いの喜劇』においては、エフェサスのアンティフォラスは、妻のエイドリアーナのために金細工師のアンジェロ（Angelo）に金の鎖（首飾り）を注文しています。それを妻に与えようとしますが、勘違いでシラキュースのアンティフォラスを家に入れて、自分を締め出してしまった妻のエイドリアーナに腹を立てて、その腹いせにエフェサスのアンティフォラスは娼婦にこれを与えようと考えます。そのために、アンジェロに、娼婦の店、山嵐亭（the Porcupine）にそれを持ってくるように依頼します。この金の鎖は、夫婦間の疎遠を象徴するものとなります。アンジェロは、金の鎖の出来上がりが遅かったので、山嵐亭には行かず、エフェサスのアンティフォラス邸である不死鳥館（the Phoenix）に持って来ます。アンジェロは、その鎖を、この家の主人と信じてシラキュースのアンティフォラスに渡してしまい、「代金は後で貰いに来る」と言って去って行きます。その後、急に金が入用になったアンジェロは、金の鎖の代金の請求に行く途中で、ちょうど娼婦の店から出て来た

エフェサスのアンティフォラスに出会います。彼は娼婦の家で待っていて、金の鎖を貰えなかったのです。「商品を出せ」、「いや、金を払え」の水掛け論になり、アンジェロはエフェサスのアンティフォラスを役人に告発し、このアンティフォラスは逮捕されます。彼は、ちょうどそこへやって来たシラキュースのドローミオを、自分の従者だと思って、家に「保釈金」"redemption"（4.2.46）を取りにやらせます。しかし、勘違いのために、その保釈金はなかなかやって来ませんが、妻のエイドリアーナが直接払うことになり、やっとエフェサスのアンティフォラスは解放されます。しかし、彼は、今度は教師のピンチの悪魔払いを受けさせられることになり、縛り上げられ、暗い部屋に閉じ込められます。結局、ここからロープを嚙み切って自力で逃亡して、尼僧院の前の公爵の面前で経緯を説明しようとします。その時、双子のもう一人の存在が明らかになり、全ての混乱の理由が分かり、金の鎖は、別のアンティフォラスが所持していることも分かり、金の鎖の負債問題は解決します。このように、シェイクスピアの劇では金の鎖に関する勘違いは大きな役割を果しています[5]。

　この金の鎖の負債問題は劇全体の救済（redemption）のテーマと繫がっています。エフェサスのアンティフォラスの捕囚は双子の父イージオンの捕囚やそれからの解放とともに、キリストによる贖罪のテーマと関連してくると思われます。シェイクスピアの劇は人類救済のパターンを暗示しています。劇のタイトルは *The Comedy of Errors* ですが、これが重要です。「間違い」

はもちろん双子の取り違えを指示しています。ただ「間違い」には、道徳的な過ち、つまり、「罪」の意味が込められているのではないでしょうか。それが如何なる罪かと言えば、人類全体の罪、つまり、アダム（Adam）とイーヴ（Eve）がエデン（Eden）の園で犯した罪から生じた人間の罪、原罪なのです。聖書では、その場面は以下のようになっています。

> And when the woman saw that the tree *was* good for food, and that it *was* pleasant to the eyes, and a tree to be desired to make one wise, she took of the fruit thereof, and did eat, and gave also unto her husband with her; and he did eat.
>
> And the eyes of them both were opened, and they knew that they *were* naked; and they sewed fig leaves together, and made themselves aprons. (Genesis:3.6-7) [6]
>
> 女がその木を見ると、それは食べるに良く、目には美しく、賢くなるには好ましいと思われたから、その実を取って食べ、また共にいた夫にも与えたので、彼も食べた。すると、ふたりの目が開け、自分たちが裸であることがわかったので、いちじくの葉をつづり合わせて、腰にまいた。

聖書では上記の通りですが、17世紀英国の詩人ジョン・ミルトン（John Milton, 1607-74）の『失楽園』（*Paradise Lost*）では、"the mortal Sin Original"「原罪」という言葉とともにもっと詳しく述べられています。

>   . . . from the bough
> She gave him of that fair enticing Fruit
> With liberal hand: he scrupl'd not to eat
> Against his better knowledge, not deceav'd,
> But fondly overcome with Femal charm.
> Earth trembl'd from her entrails, as again
> In pangs, and Nature gave a second groan,
> Skie lowr'd, and muttering Thunder, some sad drops
> Wept at compleating of the mortal Sin
> Original; while *Adam* took no thought,
> Eating his fill, . . .but that false Fruit
> Farr other operation first displaid,
> Carnal desire enflaming, hee on *Eve*
> Began to cast lascivious Eyes; shee him
> As wantonly repaid; in Lust they burne: (Book 9, 995-1015) [7)]

　　　　　　　　　　　　　彼女はもっていた枝から
あの美しい蠱惑的な果実をもぎ取り、惜し気もなく彼に与えた。
彼は狐疑逡巡することなく、かねて持っていた己の善き知識に
逆らってその果実を食べた、——惑わされたからではなく彼
女の女と

しての魅力に愚かにも負けたからに他ならなかった。大地は、
またもや苦しみ悶えるものの如く、その奥底から震え慄き、
「自然」も再び呻(うめ)き声をあげた。空もにわかにかき曇り、
雷鳴をとどろかせながら、人間に死を齎(もた)らす原罪が犯された

ことを嘆き悲しみ、悲痛な涙を流した。しかし、アダムの方はそんなことに聊(いささ)かも頓着(とんちゃく)することなく、ただひたすら貪り食った。　　　　　……この偽りの果実は全く別な作用をまず最初に引き起こした。二人の心に、燃えさかる肉欲を焚きつけたのだ。彼はイーヴに向かって淫らな視線をなげかけ、イーヴもまた同じように淫らな視線を彼に投げかけて、彼に応じた。二人は情欲に燃えた。[8]

原罪と堕罪によって、死を与えられ、人類は情欲にとらわれるようになり、労働と陣痛に苦しみ、最後の審判において、永劫の罰を受ける運命に陥ります。キリスト教の教義によれば、神はイエス・キリストを遣わし、キリストは人類の罪を贖(あがな)うために一身にその苦しみを背負い死にます。人類はこのキリストの犠牲によって、罪を持ちながらそれからの救いを得ることが出来るようになったのです。"error"は、人類の原罪を意味するのではないでしょうか。"error"に寓意的な意味を込めるのは、決して珍しいことではありませんでした。エドマンド・スペンサー（Edmund Spenser, 1552頃-1599）の『妖精の女王』（The Faerie Queene）には、「さまよいの森」(wandring wood)（1.1.13.6）が出てきますが、それは同時に「迷妄の洞穴」（Errours den）であると言われます。（1.1.13.6）「迷妄」という怪物が住んでいるのです。そして、この森の中を赤十字の騎士とユーナ(Una)が「さまよう」のです。『妖精の女王』の"errour"に宗教的な意味があるのは明白であり、シェイクスピアの喜劇もそのよう

なアレゴリカルな伝統を引いていると思われます[9]。

　キリスト教の贖罪のテーマは、冒頭のイージオンの裁判に隠喩的に示されているように思えます。再度その場面を引用します。

> EGEON.　Proceed, Solinus, to procure my *fall*,
> 　And by the *doom* of death end woes and all.
> DUKE.　Merchant of Syracusa, plead no more.
> 　I am not partial to infringe our laws;
> 　The enmity and discord which of late
> 　Sprung from the rancorous outrage of your Duke
> 　To merchants, our well-dealing countrymen,
> 　Who, wanting guilders to *redeem* their lives,
> 　Have seal'd his rigorous statutes with their bloods,
> 　Excludes all pity from our threat'ning looks;
>
> 　　　　　　　　　　　　　　（1.1.1-10 italics mine）

彼が許されるためには、彼の罪を贖う（身代金を払う）人間が出てこなければいけません。イージオンの贖罪(redemption)は、アレゴリカルな意味を持っており、彼の罪の贖いは、人類一般の罪の贖いのアレゴリーです。このことは、原罪や最後の審判への言及（fall, doom）、あるいは贖罪への言及（redeem）によって暗示されています[10]。また、上記の引用の後に出てくる "judgement" や "ransom" も最後の審判や贖罪を暗示していま

す。劇にはもう一つの贖いがあります。エフェサスのアンティフォラスは金の鎖のことで金細工師に借金をし債務不履行で捕えられ、妻のエイドリアーナは「身代金」(redemption 4.4.46) を支払わねばなりません。彼は "band"（借用証書）のために "bond"（ひも）に繋がれるのです。彼の拘束は、罪に拘束される人類全体を象徴しています。

最後の場面で、エフェサスのアンティフォラスやドローミオは、身代金を支払う人間が現れて釈放されます。このことも、キリストの犠牲による人類の救済、解放を暗示しています。最後の場面には、救済の契機となるキリストの生誕、受難のイメージが溢れています。

> ABBESS. . . .
>> And all that are assembled in this place,
>> That by this sympathised one day's *error*
>> Have suffer'd wrong, go, keep us company.
>> And we shall make full *satisfaction*.
>> *Thirty-three years* have I but gone in travail
>> Of you, my sons, and till this present hour
>> My heavy *burden* ne'er *delivered*.
>> The duke, my husband, and my children both,
>> And you, the calendars of their *nativity*,
>> Go to *a gossips' feast*, and joy with me,
>> After so long grief, such felicity. (5.1.396-406 italics mine)

尼僧院長　ここにおあつまりのみなさま、
　　　今日一日の間違いでひとしく迷惑を
　　　こうむられたみなさま、どうかごいっしょに。
　　　十分なつぐないをいたしましょう。
　　　わたしの息子たち、三十三年の間
　　　お前たちを生む苦しみを味わって、
　　　ようやく今難産を終えて生みおとした心地ですよ。
　　　公爵さま、わたしの夫、二人の息子たち、
　　　それに同年月日生れのお前たち、
　　　新しい誕生の祝宴にどうぞ。
　　　長い悲しみのあとでこのようなしあわせをうけたわたしと、
　　　どうか喜びをともにしてください。

　この場面における双子の母親のエミリアの台詞の中で、家族の離散の年月は33年と言われます。これは、キリストの寿命、すなわち受肉（Incarnation）の時間であります。また、彼女はここで"satisfaction"や"nativity"という言葉を口にしますが、それは、キリストの「贖罪」と「降誕」の意味を持つ言葉です。
　『メナエクムス兄弟』での宗教的な言及は、誓言の言葉として、「ジュピターにかけて」等が出てくるのと、メナエクムスBが狂気を装って、自分がアポロの神託を受けて行動している振りをする箇所だけです。以下のような箇所です。

　　MENAECHUS B.　　Multa mi imperas, Apollo; nunc equos iunctos

>   iubes
>
> capere me indomitos, ferocis, atque in currum inscendere,
>
> ut ego hunc proteram leonem vetulum, olentem, edentulum.
>
> （5.2.110-12）

メナエクムスＢ　アポロ様、あなたは多くのことをご命じです。
　今は、慣らされていない、荒々しい
　馬をくびきにかけて、そして戦車に乗り、
　この老いぼれた、臭い、歯のない獅子（老人）をひき倒せとのご命令。

> MEN.　qui te Iuppiter dique omnes, percontator, perduint.（5.5.32）

メナエクムスＡ　取り調べ屋め（医者）、ユッピテルとすべて
　の神様方がお前を滅ぼしてくださるがいい。

　上記は、メナエクムスＡが医者に狂人扱いされて怒った場面です。このように『メナエクムス兄弟』では、神への言及が誓言の際や狂気を装う滑稽な挿話に現れるに過ぎません。

　以上のことから、『間違いの喜劇』は、贖罪のテーマの枠組を持ち、その粉本であるローマのプラウトゥスの『メナエクムス兄弟』での金の飾りに宗教的な意味を含意させていることが推測されます。シェイクスピアの『間違いの喜劇』では人類の罪からの解放が出産やキリストの誕生と結びつけられているのが分かります。

　贖罪のテーマは、多分に最初の上演場所と関係があるように

思われます。『間違いの喜劇』の上演に関する最初の記録は、1594年12月28日の嬰児虐殺記念日（Holy Innocents' Day）にロンドンのグレイズ・イン法学院（Gray's Inn）で上演された時のものです。嬰児虐殺記念日とは、キリスト誕生にともなって、それを恐れたヘロデ王によって虐殺された多くの赤子の霊を供養するための祝日であり、聖トマスの祝日（12月20日）に始まる一連のクリスマス祝祭の一つです。グレイズ・イン法学院の記録である『グレイズ・イン法学院録』（*Gesta Grayorum*）には、クリスマス祝祭行事の一環として「プラウトゥスの『メナエクムス兄弟』と似た 'a Comedy of Errors' が、役者たちによって演じられた」と記録されています。これがシェイクスピアの『間違いの喜劇』であることはほぼ疑いありません。ナヴァール公ヘンリ（Henry, Duke of Navarre）への言及から、この劇が書かれたのはもう少し前だとも言われることもありますが、1594年のクリスマス祝祭における法学院が最初の上演場所だとしますと、この劇の聖書の比喩という特色は非常に理解しやすくなります。クリスマスを祝う劇に「神の救い」が枠組みとして与えられるのは自然でありますし[11]、さらにハミルトン（Donna B. Hamilton）の指摘するように、グレイズ・イン法学院は清教徒の支持者の拠点だと思われていたからです[12]。

　勘違いで被害を受けるドローミオ兄弟は、訳の分からないことで殴られる自分たちをしばしばロバに喩えます。聖パウロはロバによって象徴される「愚かさ」を称賛して、『コリント人

への第一の手紙』において「神は愚かさをこの世の知恵にしたのではないか?」と説いていますし、「愚かさ」は、嬰児虐殺記念日の祝福と伝統的に結びついていました。嬰児虐殺記念日を愚者の祭り (Feast of Fools) で始めるという何世紀も続いた伝統があり、宴会の頂点となる1月1日の式典においては、敬意を表してロバが聖堂の廊下を引いて来られました。この伝統はエルサレムやベツレヘムでのキリストの辱めとロバが密接に結びついていたことに基づいていました。劇の中のロバの冗談もこの祝祭の伝統とつながりを持っていると思われます。記録に残っている1594年のグレイズ・イン法学院での上演と1604年のホワイトホール (Whitehall) での劇の上演の日はいずれも嬰児虐殺記念日でした。ロバはこの劇で何度も触れられる「忍耐」を象徴し、しばしばドローミオたちは、「耐える」"bear" (3.1.16 *et al*) という動詞とともに自分たちをロバに喩えます[13]。

> DROMIO OF EPHESUS.　　I am an ass indeed; you may prove it by my long ears. I have served him from the hour of my *nativity* to this instant, and have nothing at his hands for my service but blows. (4.4.27-30 italics mine)
>
> ドローミオ兄　どうせあたしはロバですよ、ロハで働いたながーいみみの上話がその証拠だ。なにしろ生まれおちてから今の今まで奉公し、そのお礼にちょうだいしたのは手ずからなぐられることだけだから閉口すらあ。

キリストの辱めがロバと結びつけられ、それが嬰児虐殺記念日の儀式にも現れていたことを考えますと、ここでの "nativity" は明らかに「キリストの降誕」を意味するように思われます。

　シェイクスピアは、また以下のようなプラウトゥスの喜劇の中にある悲劇の萌芽を利用しているのかもしれません。『メナエクムス兄弟』では、エピダムヌスの町においてメナエクムス B が間違えられて、エロティウムの家で歓待を受けるために、そこに入ってしまいます。召使いのメッセニオは、エピダムヌスの町はペテン師の詐欺や商売女の誘惑が多いと確信し、主人のメナエクムス B がその罠にはまったと思い、以下のような決意を示します。

　　　atque eum ex hoc saltu damni salvom ut educam foras.（5.6.23）
　　　そして主人をこの災いの谷間から無事に外へ連れ出そう。

シェイクスピアでも、「谷」への言及が存在します。エフェソスの尼僧院では、アンティフォラスの家族や町の人々が、見間違えのために別のアンティフォラスの言動が理解出来ず、彼が狂ったと判断します。彼が召し使いと一緒に尼僧院に逃げ込んだと思って、困っていた時、商人 2 が、領主のソライナス公爵が日課としてそこに来ることに気づきます。

　　　SECOND MERCHANT.　By this I think the dial points at five;
　　　Anon I'm sure, the Duke himself in person

>   Comes this way to the melancholy vale,
>
>   The place of death and sorry execution
>
>   Behind the ditches of the abbey here. (5.1.118-22) [14]
>
>   商人B　そろそろ日時計が五時をさす時刻です。
>
>   　　もうすぐ公爵さまご自身でここをお通りになり、
>
>   　　この尼僧院のお堀のむこうにある陰気な谷、
>
>   　　悲しみの死刑場に行かれるはずです。

"hoc saltu damni"「この災いの谷間」と "the melancholy vale"「陰気な谷」の類似は顕著であり、偶然とは思えません。シェイクスピアが素材の中にある悲劇的要素に気づきそれを彼の神学的テーマに結びつけたと考えられるのではないでしょうか。あるいは、キリストの受難の場となるギドロン（Cedron）の谷やゴルゴダ（Golgotha）の丘への言及であるのかもしれません。ギドロンは「暗い谷」という意味です。

4　結論

このように、シェイクスピアは古典の中から、滑稽なモチーフ（間違い、嫉妬、暴力、狂気）を発見し、それを増幅させ、さらに古典の材料を取り出し、キリスト教的な意味合いを持たせることに成功しています。古典の喜劇にキリスト教の救済言説をスーパーインポウズしているのです。しかもそれは、エフェサスとかコリントという地名を導入したり、聖パウロの夫への従順を説く説教への言及だけではなく、まとまりのある救済言

説の導入となっているのです。

注
1）*Mr. William Shakespeares Comedies, Histories, & Tragedies: A Facsimile of the First Folio, 1623*, introd. Doug Moston (London: Routledge, 1998).
2）*Narrative and Dramatic Sources of Shakespeare*, ed. Geoffrey Bullough, Vol. I (London: Routledge; New York: Columbia UP, 1977), pp.3-4 参照。
3）Robert S. Miola, *Shakespeare and Classical Comedy: The Influence of Plautus and Terence* (Oxford: Clarendon, 1994), p.17 参照。
4）『メナエクムス兄弟』の引用は、The Loeb Classical Library の *Plautus: in five volumes with an English translation by Paul Nixon*, Vol. II (Cambridge,MA: Harvard UP, 1917) を、その日本語訳は、西洋古典叢書の岩崎努訳『ローマ喜劇集 / プラウトゥス』第 2 巻（京都大学学術出版会、2001）を使用。『間違いの喜劇』の引用は、アーデン版の *The Comedy of Errors* edited by R.A.Foakes (London: Methuen, 1962, *rpt.*2001) を、その日本語訳は、小田島雄志訳『間違いの喜劇』（筑摩書房、1967）を使用。
5）拙著『シェイクスピア喜劇の隠喩的メッセージ』（大阪教育図書、2000）pp.60-61.
6）聖書の引用は、Authorized King James Version (New York: Oxford U.P., nd) を使用。聖書の日本語訳については、『聖書』（日本聖書協会、1979 年）による。
7）*The Poetical Works of John Milton,* ed. Helen Darbishire, Vol. I (Oxford: Clarendon, 1952).
8）平井正穂訳『失楽園』（岩波書店、1981）下巻、p.140-41.
9）前掲拙著、p.50.
10）同書、p.50.
11）同書、pp.119-20.
12）Donna B. Hamilton, *Shakespeare and the Politics of Protestant England* (New

York: Harvester, 1992), p.62 参照。
13) 前掲拙著、pp.124-25.
14) T.W. ボールドウィン (Baldwin) は、1588 年 10 月 5 日のホリウェル・プライアリ (Holywell Priory) の「溝の後ろ」のフィンズベリ・フィールド (Finsbury Fields) で処刑されたウィリアム・ハートリー (William Hartley) と、イージオンの処刑の類似を指摘する。T.W.Baldwin, *William Shakespeare Adapts A Hanging* (Princeton: Princeton U.P., 1931), pp.1-13 参照。

引用・参考文献

Baldwin,T. W, *William Shakespeare Adapts A Hanging* (Princeton: Princeton U.P., 1931).

Bullough, Geoffrey, ed. *Narrative and Dramatic Sources of Shakespeare* Vol. I (London: Routledge; New York: Columbia UP, 1977).

Freedman, Barbara, "Egeon's Debt: Self-Division and Self-Redemption in *The Comedy of Errors*," *English Literary Renaissance* 10 (1980), pp. 360-83.

Hamilton, Donna B., *Shakespeare and the Politics of Protestant England* (New York: Harvester, 1992).

Miola, Robert S., *Shakespeare and Classical Comedy: The Influence of Plautus and Terence* (Oxford: Clarendon, 1994).

Moston, Doug, introd., *Mr. William Shakespeares Comedies, Histories, & Tragedies: A Facsimile of the First Folio, 1623* (London: Routledge, 1998).

Shakespeare, William, *The Comedy of Errors* edited by R.A.Foakes (London: Methuen, 1962, *rpt.* 2001).

Thomas, Sidney, "The Date of *The Comedy of Errors*," *Shakespeare Quarterly* 7 (1956), pp. 377-84.

Van Elk, Martine, "'This sympathized one day's error': Genre, Representation, and Subjectivity in *The Comedy of Errors*," *Shakespeare Quarterly* 60 (2009), pp.47-72.

小畠啓邦「『間違いの喜劇』——『メナエクムス兄弟』『アムピトルオ』との比較」、『英文学評論』27（1971）, pp.16-44.

村井和彦「そして、そして、そして——『間違いの喜劇』における "and" の用法——」、『文学研究』107（2010）, pp.33-50.

杉井正史『シェイクスピア喜劇の隠喩的メッセージ』（大阪：大阪教育図書、2000）.

依田義丸「*The Comedy of Errors* における双子の取り違えの技法」、『英文学評論』79（2007）, pp.1-20.

第2章

『十二夜』にみられるオウィディウスの影響
——ナルキッススとエーコー

廣田麻子

　本書のテーマは「シェイクスピア——古典文学と対話する劇作家」となっております。「対話する」というのはもちろん時間も空間も超えて比喩的な意味において「対話する」のではありますけれども、シェイクスピアはほんとうに面と向かってオウィディウス（P. Ovidius Naso, 43BC-AD17）と対話して劇を書いたのではないかと思われる個所がいくつもあります。そのような、時間も空間も越えた対話によって、オウィディウスの描くギリシア神話とシェイクスピアの劇はどのように響きあうのでしょう。オウィディウスの『変身物語』（*Metamorphoses*）にあるナルキッススとエーコー（Narcissus and Echo, Book 3. 339-510）は、細かいけれども大切なところで確かに『十二夜』（*Twelfth Night*）に影響を与えているように思われます。とくに影響があると思われる個所について双方のテクストを読み比べてみましょう。そうすれば、シェイクスピアの詩的想像力がど

のような性質のものであったか、ある程度見えてくるのではないでしょうか。そのあたりを探るのが本論の目的であります。

1　実の入る前の豆のさや・色づく前の青リンゴ

　大変細かいところかもしれませんが、『変身物語』に登場する美少年ナルキッススの面影が、『十二夜』のなかに浮かび上がるように思われる個所があります。まず、オウィディウスがナルキッススの美しさを表しているところを見てみましょう。

　　　　namque ter ad quinos unum Cephisius annum
　　　　addiderat poteratque puer iuvenisque videri:（3. 351-52）[1]
　　　さて、ケーフィーシウスは5の3倍に1を加えた年月を重ねていた頃［16歳の頃］、
　　　子どもとも青年とも見られることができました。

ケーフィーソス川というのはボエオティアを流れる川で、その川の神、その名もケーフィーソスが、ナルキッススの父とされています。川の神ケーフィーソスが美しい水のニンフであるリーリオペーを無理やり流れの中に閉じ込めて強姦し、月満ちて生まれてきたのがナルキッススでありました。'Cephisius'（3.351）「ケーフィーシウス」というのは、「ケーフィーソス川にちなむ男」という意味で、すなわちナルキッススのことを表します。彼は生まれたばかりのときでもニンフが恋に落ちてしまうほどの美しい子供でありました（3. 339-46）。上の引用は、

そのナルキッススが16歳の頃を表しています。彼の出生から子供時代の様子を知ると、16歳の彼がどれほど美しいか、容易に想像できます。

じつはこの部分と大変よく似た表現が『十二夜』にもあります。それは、男装したヴァイオラ（Viola）の様子を形容する部分であります。オリヴィア（Olivia）にオーシーノー（Orsino）からの使いの者がどんな者なのかと尋ねられて、執事のマルヴォーリオー（Malvolio）はこう答えます。

> Not yet old enough for a man, nor young enough
> for a boy: as a squash is before 'tis a peascod, or a
> codling when 'tis almost an apple.　'Tis with him
> in standing water, between boy and man.（1. 5. 158-61）[2]
> 男というほど年もいかず、子供というほど幼くもない、
> 実の入る前の豆のさや、あるいは色づく前の青リンゴのよう。
> 彼はというとちょうど、
> 　子供と男の間で、引き潮と満ち潮との間のどっちつかずの状態にあるよう。

'between boy and man'（1. 5. 161）はまさに 'puer iuvenisque'（3. 352）をそのまま英語に直したものにほかなりません。男装するヴァイオラの年頃が、ナルキッススの年頃とちょうど重なり合うのです。そうすることによってヴァイオラは、ナルキッススにも匹敵する、露も滴るような思春期の美しい男として表現

されています。ただ、オウィディウスが単に「子供とも青年とも見られる」といっているのに比べて、シェイクスピアの表現は一層豊かで膨らみがあります。シェイクスピアにいわせると、子供とも青年ともつかない男の美しさは、「実の入る前の豆のさや、あるいは色づく前の青リンゴのよう。彼はというとちょうど、引き潮と満ち潮との間のどっちつかずの状態にあるよう」と表されます。色や熟れ具合や触り心地まで感じられるような、ふくよかな比喩ではありませんか。それによってオーシーノーからの使いをかたくなに拒絶していたオリヴィアも、それなら一目見てみようかしら、と興味をそそられるというものです。柔らかな比喩は、かたくななお姫様の心をもふと溶かします。さらに、子供とも青年ともつかぬ状態は、男とも女ともつかぬヴァイオラの状態とも重なり合います。その点でナルキッススの微妙な年頃の美しさが、重層的にヴァイオラに投影されているといえるでしょう。細かいところですが、シェイクスピアがオウィディウスと対話してヴァイオラを造形したのではないかと思われる箇所の一つであります。

2　おしゃべりなエーコー

　私たちがよく知っているエーコーはこだまですけれども、オウィディウスの語るギリシア神話によると、もともとエーコーはおしゃべりなニュンフェー 'vocalis nymphe'（3. 357）であって、身体を持ち、声だけではありませんでした 'corpus adhuc Echo, non vox erat'（3. 359）。そのような身体も声も備えたニュ

ンフェーが、2段階の変身を遂げます。

　まず第1段階として、声で言葉の最後しか返せないようにさせたのはユーノー(Iuno)でありました。理由はこうです。ユッピテル（Iuppiter）が妻に内緒でニュンフェーたちと交わっていました。そのとき、エーコーが長いおしゃべりでユッピテルの妻であるユーノーを引き留めておいて、ニュンフェーたちが逃げられるようにしてやりました。そのことに怒ったユーノーは、怒りをエーコーにぶつけました。そして、エーコーが相手の喋る言葉の最後を繰り返すことしかできないようにさせたのです（3. 362-69）。これが第1段階の変身です。

　次に、言葉の最後を繰り返すことしかできなくなったエーコーが、ナルキッススに一目惚れしてしまいます。そして、狩りをするナルキッススの跡をこっそりとつけていきます。

> quoque magis sequitur, flamma propiore calescit,
>
> non aliter, quam cum summis circumlita taedis
>
> admotas rapiunt vivacia sulphura flammas.（3. 372-74）

　あとをつければつけるほど、もっと近くに燃え上がる火で［エーコーは］熱くなります。

　それはちょうど次の場合と違いはしません。松明のてっぺんに勢いのよい硫黄が塗りたくられて、もたらされた炎をつかみとるような場合と。

オウィディウスは激烈な感情を描く際、よく比喩を用いるので

すが、ここでは直喩が用いられています。しかもその比喩が、'non aliter'（3. 373）「ほかでもない」という二重の否定によって導かれる手の込んだ直喩になっています。この引用文では、エーコーの心に温めていた思いが、ナルキッススに近づくにつれて一気に熱く激しく燃え上がるさまが描かれています。この時点ではまだエーコーは身体を備えていて、その身体が愛情に火照ります。松明のてっぺんに硫黄が塗りたくられて、もたらされた炎をつかみとるように燃え広がるさま、このイメージは、エーコーが身体を備えていてこそ可能な、強烈な比喩となります。

　それなのに、

　　　　o quotiens voluit blandis accedere dictis
　　　　et molles adhibere preces! natura repugnat
　　　　nec sinit, incipiat;（3. 375-77）
　　おお、どれほど［エーコーは］なめらかな言葉で［ナルキッススに］近づこうと望んだことか、
　　柔らかい嘆願をしようと望んだことか！［彼女の］性質は逆らいます。
　　すなわち、［言葉を］始めることを許さないのです。

'natura repugnat'（3. 376）という言い回しは、直説法現在形による有無をいわせない冷徹な言い切りの表現であります。身体は火照り、内にはなめらかなほめ言葉や柔らかい嘆願を秘めて

いるというのに、自ら話せないという彼女の性質はそこに厳然と立ちはだかります。相手に近づくほどに、思いと現実の差によるフラストレーションは増していきます。そしてその行末の余韻には絶望がこもるのです。

　相手の言葉の最後しか繰り返すことができないという制限された中で、たまたま絶好のチャンスが訪れた、とエーコーは勝手に思いました。そのチャンスに乗じてエーコーは精いっぱいの心の内を伝えようとします。

　　　'huc coeamus' ait, nullique libentius umquam
　　　responsura sono 'coeamus' rettulit Echo,（3. 386-87）
　「こちらで私たちは会いましょう」と［ナルキッススは］いうと、かつてどんなものにも［ナルキッススの言葉ほどには］より喜ぶことなく、
　　エーコーは音に出して返事しようとして「私たちは会いましょう［性的に交わりましょう］」と返しました。

ナルキッススは姿の見えない相手の音に惑わされて、姿を見せてくれという意味で「こちらで会いましょう」'coeamus'（3. 386）といったのに、その1人称複数の「私たちは」というところをエーコーは都合よく解釈して、「性的に交わりましょう」といわれているのだと勘違いしてしまいます。そして、'coeamus'（3. 387）というたった一語の中に、心の内も性的な欲望をも盛り込んで、エーコーは声を発するのです。制約の中

にありながらも精いっぱいの行為が成功した、とエーコーは思いました。そして勢い余って喜び勇み、森から躍り出て彼の首に腕をまわそうとします。が、拒絶されるのです。

>spreta latet silvis pudibundaque frondibus ora
>
>protegit et solis ex illo vivit in antris;
>
>sed tamen haeret amor crescitque dolore repulsae:
>
>et tenuant vigiles corpus miserabile curae,
>
>adducitque cutem macies, et in aëra sucus
>
>corporis omnis abit; vox tantum atque ossa supersunt:
>
>vox manet; ossa ferunt lapidis traxisse figuram.
>
>inde latet silvis nulloque in monte videtur,
>
>omnibus auditur: sonus est, qui vivit in illa. (3. 393-401)

拒絶された女［エーコー］は森に隠れます。そして、恥ずかしい顔を葉っぱで

覆い、その時以来、寂しい洞穴で生きます。

しかし、それでも愛は［彼女に］とどまり、拒絶されたことを悲しんで湧き上がります。

そして、心を痛めた不眠が、かわいそうな身体をやせ細らせていきます。

やせて皮となり、空中に体中の水分が

出ていきます。声だけが、そして骨だけが、残ります。

声は変わらず残るのだけれど、骨は石の姿になったと人々はいいます。

その時以来、［彼女は］森に潜み、山で誰にも見られることはないのです。
　　みんなから聞かれるのです。［彼女は］音であり、その音は彼女の中で生きるのです。

　これが第2段階の変身であります。こうしてエーコーは、よく知られている声だけのこだまとなるのです。
　このようにエーコーは、ユーノーによって言葉の最後を繰り返すことしかできないようにされ、さらにナルキッススに拒絶されたことによって身体を失い声だけとなってしまいます。2段階の変身を遂げるエーコーは、シェイクスピアが『十二夜』を書く際、彼の想像力に幾重にも影響を与えたように思われるのです。
　そのことが顕著にあらわれている、次の引用文を見てみましょう。航海の途中、海で遭難したヴァイオラは、異国で生きていくために男に変装してシザーリオ（Cesario）と名のり、この地の領主オーシーノー公爵に仕えます。そしてたちまちひそかにオーシーノーを愛してしまいます。そのオーシーノーから、主人の恋の使者としてオリヴィア姫の館に出向き、主人の愛の思いを訴えるよう、ヴァイオラは命じられます。オリヴィアはオーシーノーの求婚をかたくなに拒んでいますが、もし主人の立場であればあなたならどうするの、とオリヴィアに尋ねられたヴァイオラは次のように答えます。

OLIVIA.　　　　　　　Why, what would you?

VIOLA.　Make me a willow cabin at your gate,

　　And call upon my soul within the house;

　　Write loyal cantons of contemned love,

　　And sing them loud even in the dead of night;

　　Halloo your name to the reverberate hills,

　　And make the babbling gossip of the air

　　Cry out 'Olivia!'　O, you should not rest

　　Between the elements of air and earth,

　　But you should pity me.　(1. 5. 271-80)

オリヴィア　それではあなたならどうするの？

ヴァイオラ　わたくしならあなたさまのご門に（悲しみの象徴である）柳の小屋を作り、

　　お屋敷の中のわたくしの魂［＝オリヴィアさま］に向かって呼びかけます。

　　軽んじられた愛についての忠実なる歌を書きます。

　　そしてその歌を、ものみな寝静まる夜にも大声で歌います。

　　こだまする山々にあなたさまのお名前を叫びます。

　　そして空気のおしゃべりな女に

　　「オリヴィア！」と叫ばせます。　おお、あなたさまは

　　空中にも地上にも休まるところがなくなるでしょう、

　　私のことをあわれに思わずして。

この 'the babbling gossip of the air' (1. 5. 277) は、擬人化され

たエーコーを踏まえた表現であるとマフッド（M. M. Mahood）は教えてくれています[3]。厳密にいうと、'the babbling gossip' すなわち「ぺちゃくちゃとおしゃべりをする女」とは、ユーノーを怒らせる前の、ぺちゃくちゃと能動的におしゃべりをするエーコーを踏まえているといえましょう。おしゃべりなエーコーが、言葉でもって饒舌（じょうぜつ）に任務を果たそうとするヴァイオラの姿に二重写しになるように仕組まれています。

　一方、'Halloo your name to the reverberate hills'（1. 5. 276）からは山に響くこだまと化したエーコーが想起されます。骨は石と化し、言葉の最後しか響かせられなくなったエーコーのことです。自らの身を焦がすほどに熱くナルキッススに恋焦がれるエーコーにとって、自らの言葉も肉体もなくなったフラストレーションはいかほどのものか。オウィディウスを読みながらそのことに想像を馳せたことのある人なら、その内に秘めた欲情と愛情を覚えているに違いありません。たとえば、'sonus est, qui vivit in illa'（3. 401）「彼女は音となれどもその音は彼女の中に生きている」というオウィディウスの形而上学的な直截な言い回しなどは、記憶されるに値するでしょう。この語り口の強烈さとか、エーコーのフラストレーション、そういったものが、ヴァイオラの台詞を書くときにシェイクスピアの念頭にあったのではないでしょうか。そしてその欲情と愛情をヴァイオラの中に注ぎ込みたかったのだと思います。シェイクスピアはそんなふうにしてヴァイオラを創りだしたのだと思います。

　シェイクスピアはヴァイオラを描くにあたって、何段階もの

変身を遂げるエーコーをヴァイオラのなかに何重にも重ねあわせています。そうすることによって、自らのオーシーノーに対する思いは心の奥にしまい込んで、オリヴィアの名前を響き渡らせようとするヴァイオラを創りだしています。ヴァイオラは、身体を持ち、ぺらぺらと流暢(りゅうちょう)にしゃべって務めを果たすおしゃべりなエーコーでもあり、また、自分の思いを伝えるわけにはいかない悲しいフラストレーションをため込んだエーコーでもあるのです。'Olivia!'（1. 5. 277）と叫ぶヴァイオラには、同時にその胸に燃え上がる火を感じさせもします。エーコーの心の松明に火が燃え広がるイメージをここに感じ取ることができるのではないでしょうか。シェイクスピアは、ヴァイオラにエーコーを自由に幾重にも重ね合わせて、巧みな弁舌と苦悩と内に燃え上がる熱い恋心を一人の役者の中に描き出して、ニュンフェーではない、一人の人間を創りだしていると思います。

3　端正な嘘つき

　自己陶酔ナルシシズムで知られるナルキッススを、オウィディウスは次のように描いています。ナルキッススは、水面に映る姿に見とれています。

> non illum Cereris, non illum cura quietis
> abstrahere inde potest, sed opaca fusus in herba
> spectat inexpleto mendacem lumine formam
> perque oculos perit ipse suos（3. 437-40）

［穀物・豊穣の女神］ケレース［＝食物］の［心配］も彼を、休息の心配も彼を、

　　そこから引き離すことができません。薄暗い草陰で［彼は］横になって、

　　満たされぬ目で嘘つきの姿を見つめます。

　　そして彼は自分の両の目を通して滅びます。

食物も休息も奪うほどの熱狂で、ナルキッススは 'mendacem . . . formam' (3. 439)（嘘つきの姿）をじっと見つめています。'forma' ＝「姿かたち」とは変身するまさにそのものであるため、『変身物語』においては重要な語であるわけですが、その 'forma' はここでは嘘をつき、だましをはたらく、偽りの姿であります。それはじつは自分自身の影にすぎないのに、まるで生き物であるかのように能動的にはたらきかけてくることに注目してください。'non illum' (3. 437) の反復は、彼の偏執的な自己愛への熱狂を、誰も何ものも妨げることができないことを強調するかのようです。また、'perque oculos perit ipse suos' (3. 440) では、アンダーソン（W. S. Anderson）も頭韻（alliteration）について指摘しているとおり[4]、'p' の音が繰り返されています。この鋭い頭韻は、目を通して入り込んでくる 'forma' によって鋭く突きさされるようにして、ナルキッススが滅んでいくことを表わしているかのようです。'forma' が能動的にはたらいて、ナルキッススを死に至らしめるともいえましょう。

　ナルキッススのこのような痛ましい姿が『十二夜』にも響い

第 2 章　『十二夜』にみられるオウィディウスの影響

ています。それは、変装するヴァイオラに出会ったオリヴィアにも、またヴァイオラその人にも響いています。オーシーノーの求婚を拒むオリヴィアは、オーシーノーの使いとしてやって来た男装のヴァイオラに恋してしまいます。3者の抱く愛情の方向を図示すれば以下のようになります。

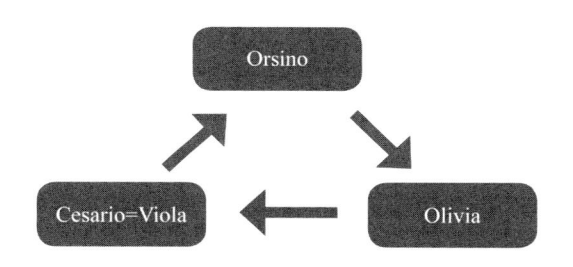

```
         Orsino
         ↗    ↘
Cesario=Viola ← Olivia
```

このようなもつれた関係をいち早く悟ったヴァイオラは、オリヴィアが自分に対して熱をあげてしまっていることを次のように嘆きます。

> Poor lady, she were better love a dream.
> Disguise, I see thou art a wickedness,
> Wherein the pregnant enemy does much.
> How easy is it for the proper false
> In women's waxen hearts to set their forms!（2. 2. 25-29）

オリヴィアの狂おしい状況や、それを嘆くヴァイオラの状況は、

ナルキッススの状況とぴったりと一致するではありませんか。ナルキッススは嘘つきの姿によって目を貫きとおされて滅びゆきます。一方、オリヴィアも 'Disguise' (2. 2. 26) が生み出す「端正な嘘つき」'proper false' (2. 2. 28) が心にはまり込んで、熱をあげます。対応関係を単語のレベルでも確認しましょう。'forms' (2. 2. 29) はまさにラテン語の 'forma' に対応する英語です。また、'Disguise' (2. 2. 26) が擬人化されて「変装よ、おまえは意地悪ね！」と2人称で呼びかけられていることにも注目してみましょう。キトリッジ (G. L. Kittredge) が指摘しているように、「変装」は詐欺師であり、嘘の父であり、悪魔であり、すなわち、人が人為的に作り出す敵でもあります[5]。そのような「変装」が、男装しているヴァイオラのそもそもの計画を出し抜いて、思いもよらず「変装＝悪魔」の計画を成し遂げてしまうのです。ここのところを和訳すると次のようになりましょう。

　　かわいそうな女のかた［＝オリヴィア］、あのかたは夢のように実在しないものを愛したほうがまだよかっただろうに。
　　変装よ、私にはわかる、おまえは意地悪ね。
　　おまえの中で［おまえのせいで］巧妙な［創意工夫に富む］(pregnant) 敵が大いなることをしでかす［私の計画を出し抜く］。
　　なんとたやすく、その端正な嘘つきが、
　　女の蠟のような心にその姿をはめ込むことか！

シュミット (A. Schmidt) は、'pregnant' を 'expert, clever, ingenious, artful' として、この部分を引用しています[6]。和訳に当たって，この解釈を採用しました。これによると変装が、まるで意地悪な「人」のように、女に能動的に働きかけています。やがて、変装した当の本人にさえどうすることもできないものと化して、見た目には美しいが、その実は敵となって、女の心に襲いかかります。オウィディウスにおいて、'forma' が能動的に 'mendax' であること、すなわち嘘をつき、だましをはたらくものとされていることと、シェイクスピアにおける 'Disguise' (2.2.25) のふるまいはまさに一致するといえましょう。

さらに、ナルキッススの状況は、次のアントーニオ（Antonio）の台詞にも影響しているように思われます。アントーニオは、男装しているヴァイオラをその双子の兄であるセバスチャン（Sebastian）と見間違えます。そしてアントーニオは、親友である自分に対するセバスチャンの裏切りを次のようにののしります。

> But O how vile an idol proves this god!
> Thou hast, Sebastian, done good feature shame.
> In nature there's no blemish but the mind:
> None can be call'd deform'd but the unkind.
> Virtue is beauty, but the beauteous evil
> Are empty trunks, o'er-flourish'd by the devil. (3.4.374-79)

しかし、おお、この神はなんと邪悪な偶像であったことか！
セバスチャンよ、きみは美しい姿かたちを辱めてしまった。

自然界には心のけがれほど醜いけがれはない。
　　人間のあるべき姿に反する非情ほど、醜いものはない。
　　徳は美しい。だが、美しい悪［外見は美しいが中身が邪悪な人］は、
　　からっぽのたんすだ。そのたんすには、悪魔によって過剰な装飾がなされている。

ナルキッススの 'mendax forma' がここでは 'empty trunks, o'er-flourish'd by the devil'（3. 4. 379）という比喩となって表わされています。'trunks'（3. 4. 379）とは、衣類を入れておくたんすで、表面には彫刻や絵画が施され、室内装飾として使われていました[7]。そのたんすが 'empty'（3. 4. 379）であるということは、すなわち、外見がいかに美しく飾られていようとも、肝心の中身がないことを表します。中身がなくとも表面が飾り立てられていて、飾り立てた主体はほかでもない、悪魔だというわけです。これは、まさに悪魔の企みであり、罠なのです。'devil'（3. 4. 379）もまた、ナルキッススの 'mendax forma' と同様、人の心に能動的にはたらきかけ、襲いかかるものに違いありません。このアントーニオの台詞にも、偽りの 'forma' によって鋭く突きさされるかのように滅んでいくナルキッススの姿が重なっているように思われるのです。

4　結論

　シェイクスピアは『十二夜』を作るに当たって、オウィディ

ウスの『変身物語』にあるエーコーとナルキッススの話を使っているのは確かです。上にも指摘しましたように、部分的にちょうどぴったりと一致するというようなところは、たしかに何箇所も見つかるわけです。が、その使い方はというと、たとえば、エーコーを下敷きにヴァイオラを、ナルキッススを下敷きにオリヴィアを作ったというような、図式的にきちんと対応するような使い方ではないと思うのです。たとえばエーコーの姿は何重にもヴァイオラに映し出されていました。また、ナルキッススの姿は、オリヴィアにもヴァイオラにもアントーニオにも投影されていました。このように、計算されたかのようなきちんとした対応ではなく、図示しようにももっと複雑な感じがします。では、シェイクスピアがオウィディウスの詩をどのように使っているのかというと、一言でいいますと大変自由に使っているといえましょう。とくにオウィディウスの詩にある強烈なイメージを自在に劇に取り込んでいるように思います。詩のもつ強烈なイメージは、比喩や韻といったような詩の技巧をとおして伝えられるものであるのですが、そういったイメージを大変自由に『十二夜』に響かせていると思うのです。その結果、オウィディウスの典雅な詩がニュンフェーを描きだしているのに対して、そのイメージを何重にも響かせたり、いろんな登場人物にそれぞれ響かせたりすることによって、シェイクスピアは人間を描き出しているといえましょう。

注

1) オウィディウス『変身物語』第3巻からの引用は全て、Anderson, 1996による。
2) シェイクスピア『十二夜』からの引用は全て、Lothian, J. M. ; T. W. Craik, 1975による。
3) Mahood, 148.
4) Anderson, 382.
5) Kittredge, 29.
6) Shmidt, Vol. 2, 892.
7) Kittredge, 76.

文献目録

Anderson, W. S., ed. *Ovid's Metamorphoses Books 1-5*. Norman: University of Oklahoma Press, 1996.

Henderson, A. A. R., ed. *Ovid Metamorphoses III*. London: Bristol Classical Press, 1979.

Kittredge, G. L., ed. I. Ribner. *Twelfth Night or What You Will*. New York: John Wiley & Sons, 1969.

Lothian, J. M., ed. T. W. Craik, ed. *Twelfth Night*. London: Methuen, 1975.

Mahood, M. M., ed. *Twelfth Night, The New Penguin Shakespeare*. Harmondsworth: Penguin, 1968.

Miller, Frank Justus, ed. G. P. Goold, rev. *Ovid Metamorphoses Books I-VIII*. Cambridge, Massachusetts: Harvard UP, 1916.

Schmidt, A. *Shakespeare Lexicon and Quotation Dictionary*. New York: Dover, 1971.

第3章

『ヴィーナスとアドーニス』と古典文学

高谷修

　シェイクスピアに『ヴィーナスとアドーニス』(*Venus and Adonis*) という詩があります。これは1連6行のスタンザ形式からなり、全体では199連1194行からなっています。1593年に出版され、1636年までに16版を数えました。ロンドンで疫病が流行した時、1592年8月から93年4月にかけて書かれたと推定されています。

　この詩は、オウィディウス (Publius Ovidius Naso, 43BC-AD27) の『変身物語』(*Metamorphoses*) 第10巻で描かれるウェヌス (Venus) とアドーニス (Adonis) の挿話を主な材源として書かれたものといってよいでしょう。しかし、シェイクスピアに影響を与えたギリシア・ローマの作品はオウィディウスの他にも色々とありそうです。ギリシアやローマの作品をもとに、シェイクスピアはどのような作品を書いたでしょうか。ここでは、ギリシア・ローマの原典とシェイクスピアを子細に比較検

討する、という方法によって、シェイクスピアの詩的な想像力について考察してみたいと思います。

手順として、まずビオーン（Βίων 紀元前2世紀から1世紀の詩人）のギリシア語で書かれた「アドーニス哀悼歌」（Ἀδώνιδος ἐπιτάφιος）の中で描かれるアドーニス像を確認し、次にオウィディウスの『変身物語』の中のアドーニス像を検証した後、最後にシェイクスピアの『ヴィーナスとアドーニス』の中でヴィーナスとアドーニスはどのように描かれているか、ギリシア・ローマの作品と比較しつつ検討したいと思います。

なお、最初に、ヴィーナスについて、次のことを確認しておきたいと思います。ギリシア神話の美と愛の女神アフロディーテー（Ἀφροδίτη, Aphrodite）はキプロス島で盛んに信仰されたこともあり、キュプリス（Κύπρις, Kypris）とも呼ばれます。ローマ神話のウェヌスと同一視されました。またウェヌスは英語ではヴィーナスと呼ばれています。名前は異なりますが同一の女神を指しています。

1　ビオーンの「アドーニス哀悼歌」の中のアドーニス

ビオーンは紀元前2世紀から1世紀にかけてシチリアに生きた詩人ですが、いくつかのギリシア語の作品を残しています。その一つに「アドーニス哀悼歌」があります。この詩はまずアドーニスを哀悼する言葉から始まります。

　　Αἰάζω τὸν Ἄδωνιν· ἀπώλετο καλὸς Ἄδωνις·

'ὤλετο καλὸς Ἄδωνις· ἐπαιάζουσιν Ἔρωτες. (1-2) [1)]

私はアドーニスを悼む。「美しいアドーニスは死亡した。」
「美しいアドーニスは死んだ。」愛の神たちも一緒になって嘆いている。

詩の形は長短短調6歩格（dactylic hexameter）詩形で書かれています。アドーニスは腿（ἐν ὤρεσι μηρόν 7, κατὰ μηρόν 16, περὶ μηρῷ 41）を傷つけられ赤い血を流して死亡したことが語られます。彼を愛するキュプリス（アフロディーテー）は、アドーニスの死を嘆きつつ、彷徨（さまよ）っています。その様は次のように描かれています。

Ἀσσύριον βοόωσα <u>πόσιν</u> καὶ παῖδα καλεῦσα.

(24, 下線は筆者)

アッシリアの<u>夫を</u>大声で呼びながら、また子供を呼びながら

ここで注目したいことは、アドーニスはアフロディーテーの「夫」とされていることです。彼は同時に「また子供を」とも表現されていますが、これは二詞一意（hendiadys）的表現で、同じアドーニスを表しています。また54行目でも同じ τὸν πόσιν が使われており、68行目でも τὸν ἀνέρα のように「夫」が使用されています。実際に「夫」といえる存在であったかどうかはさておき、というのも、アフロディーテーには鍛冶（かじ）の神ヘーパイストス（ローマ神話のウォルカーヌスに相当します）

第3章　『ヴィーナスとアドーニス』と古典文学　　77

がおり、また彼女は軍神アレース（ローマ神話のマルス）と浮気していることが知られているからです。ここではアドーニスが「夫」という言葉で言及され、実質そのような存在である点に注目したいと思います。つまり、ビオーンにおいては、アドーニスはキュプリスの愛を拒絶してはいない、ということです。アフロディーテー（ヴィーナス）とアドーニスの関係には仲睦まじい関係が仄めかされています。確認しておきたい点は、アドーニスが「夫」と目される存在であること、またそれ故に彼はキュプリスの愛を拒絶している訳ではないことです。そして、この点は、シェイクスピアが採用しなかった点であるわけです。

　アドーニスは猪に殺されますが、ギリシア語の作品には、猪が弁解をする面白い作品があります。「死亡したアドーニスに」ΕΙΣ ΝΕΚΡΟΝ ΑΔΩΝΙΝ というアナクレオン風の作品においては、アドーニスを殺した猪はキュプリス（アフロディーテー）の前に引き出され、厳しい責めをうけます。その時に猪は、実は「彫像のように美しいアドーニスを見た時に、白い腿にキスしたくて堪らなくなり、それでキスしようとして、誤って殺したのだ」と弁解します[2]。同じような弁解は英訳のテオクリトス（Theocritus, 315BC頃-?）の詩の中にも見られます。1588年には、テオクリトスの牧歌の中から6つの作品を選んで英訳した翻訳詩集が出版されています[3]。この詩集では、テオクリトスの第8歌、11歌、16歌、18歌、21歌、31歌が選ばれ訳されています。第31歌をテオクリトスの翻訳とするのは大いに疑問なのですが[4]、一応この第31歌はテオクリトスの英訳と

78　シェイクスピア　古典文学と対話する劇作家

して議論を進めます。その31歌の翻訳の中で、アドーニスを殺した猪が同じような弁解、つまりアドーニスの腿にキスしたくて誤って殺したのだ、という弁解をします。シェイクスピアはこの1588年版のテオクリトスの英訳を読んでいたと考えてよいと思います。この猪の弁解はオウィディウスにはない個所ですが、シェイクスピアによって利用されています。その点は記憶されてよいと思われます。

2 『変身物語』第10歌に描かれるウェヌスとアドーニス

オウィディウスの第10歌の中で、510行から739行にかけてウェヌスとアドーニスのエピソードが描かれます。(ただし、中間部600行から707行はアタランタ(Atalanta)とヒッポメネース(Hippomenes)の話が挿入されています。)オウィディウスにおいては、ビオーンにおけると同様に、ウェヌスは既にアドーニスを捉えています。

> hunc tenet, huic comes est adsuetaque semper in umbra
> indulgere sibi formamque augere colendo
> per iuga, per silvas dumosaque saxa vagatur
> fine genus vestem ritu succincta Dianae
> hortaturque canes tutaeque animalia praedae,　　(X, 533-37)[5]

［ウェヌスは］彼を捉えている、彼と一緒におり、いつも木陰で
　自ら気ままにしており姿を美しくするのが習慣だったのに

第3章　『ヴィーナスとアドーニス』と古典文学　　79

峰や森や茨の繁る岩場を彷徨っている、
　　　ディアーナのように膝まで衣服をたくしあげて。
　　　そして犬を安全な獲物に嗾(けしか)ける。

　ここで注目すべきことは、ウェヌス自身アドーニスと一緒になって狩りを遊んでいることです。ウェヌスは狩りの女神ディアーナ（Diana, ギリシア神話のアルテミス Ἄρτεμις に相当します）と見まがうばかりの様子で、アドーニスと一緒になって狩りに興じています。シェイクスピアではヴィーナスは狩りで遊ぶことはありません。この点に相違点があります。シェイクスピアでは、ヴィーナスとアドーニスの対立、また相違点が強調されています。

　ウェヌスはアドーニスに、狩りに際しては、獰猛(どうもう)な獣に気をつけるように促します。その点では、シェイクスピアもオウィディウスも同じなのですが、ただ、少し違う点も認められます。オウィディウスにおいては、ウェヌスはアドーニスに、猪とライオンを避けるように注意します。次のようです。

　　　fulmen habent acres in aduncis dentibus apri,
　　　impetus est fulvis et vasta leonibus ira,
　　　invisumque mihi genus est."　　（X, 550-52）
　　　鋭い猪は鉤形(かぎがた)の歯の中に雷電を持っている、
　　　凶暴さと大きな怒りが、褐色のライオンの中にある、
　　　そして私はこの種属［ライオン］が嫌いである。」

80　　シェイクスピア　古典文学と対話する劇作家

猪が先に言及されてはいますが、より恐れられているのはライオンです。猪とライオンが言及され、そしてライオンの方がより強調されています。それは語りの技法上の必要からそうなっていると考えられます。つまり、この後で、ウェヌスはなぜライオンを避けなければならないかを、詳しく語り始めるのです。シェイクスピアでは、この点は変えられています。ヴィーナスがアドーニスに避けるように懇願するのは猪のみです。オウィディウスのライオンを削除し、猪のみに変更し猪を強調しているところに、シェイクスピアの意図が感じられます。

       et, ecce,
 opportuna sua blanditur populus umbra,
 datque torum caesges: libet hac requiescere tecum'
 (et requievit) 'humo' pressitque et gramen et ipsum
 inque sinu iuvenis posita cervice reclinis
 sic ait ac mediis interserit oscula verbis: (X, 554-59)

      それに、見なさい、
都合よくポプラの木がその蔭で魅了している、
 芝生がベッドを作っている。ここ地面に貴方と一緒に横たわりたいわ」
 （［ウェヌスは］そして横たわった）、そして、草と彼を押しつけた、
 若者の胸に首をおいて仰向けになり、
 次のように話し、言葉の間にキスを付け加える。

一緒に休みましょう、と二人は横になります。このような描写から、二人の仲睦まじい関係が想像されます。しかし、シェイクスピアにおいては、このような関係は存在しません。シェイクスピアにあるのは、このような穏やかさではなく、性急さや情熱です。

　ゆったりと寛(くつろ)ぎながら、ウェヌスはなぜライオンを避けなければならないかを語って聞かせます。つまり、オウィディウスでは、ウェヌスとアドーニスの話の中に、また別の話が挿入されています。その挿入される話がアタランタとヒッポメネースの話です。アタランタとヒッポメネースは、ライオンに変身するのですが、この話が挿入されます。

　つまり、オウィディウスにおいては、猪よりも、まずライオンが、狩りの時に避けるべき動物として言及されるのです。

> <u>hos</u> tu, care mihi, cumque his genus omne ferarum,
> quod non terga fugae, sed pugnae pectora praebet,
> effuge, ne virtus tua sit damnosa duobus!'
>
> 　　　　　　　　　　　（X, 705-07, 下線は筆者）
>
> <u>これらを</u>貴方は、私の愛しい人よ、またこれらとともに、獣の全ての種族、
> 　逃げるために背中を（見せず）、闘いの意図を明らかにする種族を、
> 　避けなさい、貴方の勇気が二人にとって、害あるものとなら

ないために。」

　まず、ライオンを避けよ、といいます。hos（下線部）とはライオンを意味しています。そしてライオンと共に、向かってくる全ての獣を避けよ、というのです。猪は恐れるべき主たる存在ではなく、ライオンこそが避けられる野獣として挙げられているのです。オウィディウスにおいては、猪は副次的な存在にすぎないのです。そしてその点も、またシェイクスピアが変更した箇所なのです。

　ウェヌスの忠告の甲斐もなく、アドーニスは猪に殺されてしまいます。当然、ウェヌスは嘆き悲しみます。それはビオーンにおいても同様です。しかし、オウィディウスにおいては、ウェヌスは、以下のように注目すべき発言をします。

> 　　. . . et indignis percussit pectora palmis
> questaque cum fatis 'at non tamen omnia vestri
> iuris erunt' dixit. 'luctus monimenta manebunt
> semper, Adoni, mei, repetitaque mortis imago
> annua plangoris peraget simulamina nostri;
> 　　　　　　　　　　　（X, 723-27, 下線は筆者）
> 　　　…［ウェヌスは］そして手荒な手で胸を叩いた、
> そして運命の神々に対して不平を述べ「だがしかし、全てが貴方がたの
> 　法に屈するのではないでしょう。」といった。「私の悲しみの

第3章　『ヴィーナスとアドーニス』と古典文学　　83

記念碑は

　　　いつも留まるでしょう、アドーニスよ、そして毎年繰り返される死の像は

　　　われわれの哀悼の再現をなすでしょう。

　ホラーティウス（Quintus Horatius Flaccus, 65-8BC）は『歌章』（*Carmina*）の第3巻の最後の歌で non omnis moriar multaque pars mei vitabit Libitinam（私が全て死ぬのではないだろう、私の多くの部分は死を免れるだろう）と述べました[6]。つまり彼自身はたとえ死亡しても彼の作品は長く読まれ続けるだろうと、詩人としての自信を述べたのでした。死は終わりではないのです。ウェヌスもまた同じように、アドーニスの死は終わりではないと主張します。「毎年繰り返される死の像」とは、アドーニス祭を意味しています。オウィディウスにおいて、アドーニスは死亡しても、毎年のアドーニスを弔う祭で、ウェヌスの心は慰められる、というのです。これはテオクリトスの伝統に沿うものです。テオクリトスの牧歌の第15歌の中に、そのアドーニス祭の描写があります。（ところが、後で見るように、シェイクスピアにおいては、アドーニス祭については言及されず、別の方向性を見せます。つまり、アドーニスが死んだからには、もう恋は悲しみ無しには存在しえない、という言説に至るのです。シェイクスピアはこの点でも、変更を加えていることが判ります。）

　オウィディウスにおいては、アドーニスは死亡し、その血か

らアネモネが咲き出ます。その描写は以下のようになされます。

> sic fata cruorem
> nectare odorato sparsit, qui tinctus ab illo
> intumuit sic, ut fulvo perlucida caeno
> surgere bulla solet, nec plena longior hora
> facta mora est, cum flos de sanguine concolor ortus, . . .
> excutiunt idem, qui praestant nomina, venti. （X, 731-35, 739）
>
> ［ウェヌスは］このようにいって、血に
> 香りのよいネクタルを振りかけたが、それに触れられると
> 次のように膨らんだ。黄色い泥から
> 透明な水泡が湧きあがるようにだが、一時間よりも長くはない時が
> 経たないうちであったが、血と同じ色の花が立ち上る、…
> 風がそれに名前を与えているのだが、それを散らすのだ。

ウェヌスがネクタルを振りかけると、アドーニスの血から同じ色の花が立ち上ります。それがアネモネです。

　ビオーンにおいては、アドーニスが流した血からバラが生まれ、キュプリス（アフロディーテー）が流した涙から野草が生まれます（64-65行）。つまり二つの花が生まれるわけですが、一方、オウィディウスにおいては生まれる花は一つだけです。既にみたように、アドーニスの血にウェヌスがネクタルを注ぐと、アネモネが生まれます。そしてこの花は風によって直ぐに

散ってしまうと語られ、儚さが強調されます。シェイクスピアは、ここではギリシア神話（つまりビオーン）に依らず、オウィディウスに拠って、アドーニスの血からアネモネが生まれる方を採用していることが判ります。

アドーニスが単独でアネモネに生まれ変わるというエピソードの方がよりインパクトが強いと思われます。シェイクスピアにおいては、話をより単純化する方向性があるといってよいと思います。

3　シェイクスピアのヴィーナスとアドーニス

オウィディウスにおいては、ウェヌスとアドーニスは、ある程度、調和的な関係を保っていました。ビオーンにおいては、アドーニスは「夫」として言及されていましたが、オウィディウスにおいては「夫」ではないにしても、アドーニスはウェヌスの愛を激しく拒むということはありませんでした。そして、この点、つまりアドーニスがヴィーナスの愛を激しく拒むという点こそ、シェイクスピアが強調したことであります。最初、ヴィーナスは馬に乗ったアドーニスを目にとめ、彼を地面に引き倒します。その様は次のように描かれます。

> With this she seizeth on his sweating palm,
> The precedent of pith and livelihood,
> And trembling in her passion calls it balm,
> Earth's sovereign salve to do a goddess good. [7]

Being so enraged, desire doth lend her force
　　Courageously to pluck him from his horse. (25-30, 下線は筆者)[8]

こう言って彼女は彼の汗ばむ手を取る、
力と生命の証である彼の汗ばむ手を。
彼女は熱情で震え、その汗を芳しい香油と呼ぶ、
あるいは、女神にも効く地上最高の塗り薬と。
　そして彼女は、激情に駆られ、「欲望」に力を与えられて、
　大胆にも彼を馬から引き下ろした。

このような強引さと迫力は、ギリシア・ローマ神話には見られないものです。読者は神話の神であるヴィーナスを思いながらも、彼女を神話的な存在というよりも、より人間に近い存在として意識するのです。
　ヴィーナスはアドーニスに情熱的に求愛しますが、アドーニスの方はいたって冷静です。二人の相違が次に描かれます。

　　Over one arm the lusty courser's rein,
　　Under her other was the tender boy,
　　Who blushed and pouted in a dull disdain,
　　With leaden appetite, unapt to toy:
　　　She red and hot as coals of glowing fire,
　　　He red for shame, but frosty in desire.　　(31-36, 下線は筆者)

片手の腕の上にはいきり立つ馬の手綱、
もう片手の腕の下にはうぶな少年。

第 3 章　『ヴィーナスとアドーニス』と古典文学　　87

> しかし彼は赤面して不機嫌になり、蔑(さげす)みも鈍く
> 欲望は重く、誘いに乗ることもない。
> 　彼女は興奮して赤くなり、まるで赤熱の石炭のよう、
> 　彼は恥じて赤くなり、その欲望は霜のように冷ややか。

ヴィーナスは興奮して激しくアドーニスに迫りますが、アドーニスはこれを拒みます。33行目に使われている disdain は恐らくは、文学史でソネットの創始者とされるイタリアのフランチェスコ・ペトラルカ（Francesco Petrarca, 1304-74）が詩集『カンツォニエーレ』(*Canzoniere*) の中で用い、以後広く使用されることになる「女性の冷たい態度」を示す disdegno に由来すると思われます。

　アドーニスの disdain にも拘わらず、ヴィーナスはアドーニスに激しく求愛を続けます。

> The studded bridle on a ragged bough
> Nimbly she fastens (O how quick is love!);
> The steed is stallèd up, and even now
> To tie the rider she begins to prove.
> 　Backward she pushed him, as she would be thrust,
> 　And governed him in strength, though not in lust.　　（37-42）

> 輝く取っ手のついた手綱を、ごつごつした枝に
> 敏捷に彼女は結わえる（嗚呼、なんと愛は素早いことか!)
> 馬は停められて、そしてまさに今

彼女は乗り手に抱きつこうと試みる。
　後ろ向きに彼を押し倒すが、それは彼女が突かれたいと思ってだ。
　そして、情熱というよりも、力で彼を支配する。

C.S. ルイス（C.S.Lewis, 1898-1963）は愛を4種類に分けて論じましたが[9]、ここにはエロース（Eros）が典型的に描かれているといえそうです。このような迫力と官能性こそが、シェイクスピアを特徴づけるものであるといってよいと思います。

ヴィーナスは力でアドーニスを支配しようとします。しかし、また同時に力だけでなく、説得によっても彼を支配しようとします。キスをせがみながら、以下のような議論を展開します。

'Touch but my lips with those fair lips of thine—
Though mine be not so fair, yet are they red—
The kiss shall be thine own as well as mine.
What see'st thou in the ground? Hold up thy head.
　Look in mine eye-balls, there thy beauty lies:
　Then why not lips on lips, since eyes in eyes?（115-20）

「ちょっと触れてちょうだい、あなたの美しい唇で私の唇に、
（私の唇は同じほど美しくはなくても、赤いものです、）
キスはあなたのもの、私のものでもあるけれど。
地面に何を見ているのです？　あなたの頭を上げなさい。
私の眼の球を見てごらんなさい、そこにはあなたの美しさが

映っています。

　目の中に目があるのだから、唇の上に唇があってもいけないことはないでしょう。

上の引用の最後に示される議論、「目の中に目があるのだから、唇の上に唇があってもいけないことはないでしょう。」はまるで形而上詩人の議論を思わせます。このようにヴィーナスは説得を続けるのですが、アドーニスは終始靡(なび)くことはありません。

　　At this Adonis smiles as in disdain,　　　（241）
　　これに対して、アドーニスは冷たい態度で、ほほ笑んだ、

アドーニスはこのように冷たい態度をとり続けます。

　　'You hurt my hand with wringing, let us part,
　　And leave this idle theme, this bootless chat;
　　Remove your siege from my unyielding heart,
　　To love's alarms it will not ope the gate;
　　　Dismiss your vows, your fainèd tears, your flatt'ry,
　　　For where a heart is hard they make no batt'ry.'　　（421-26）
「あなたはぼくの手を握り締めて、痛いです。別れましょう、そして、このような無駄な話は止めましょう、こんな無駄な話は。
　ぼくの心は靡くことなどないのですから、包囲を解いて下さ

い。
　恋の襲撃に対して、心は門を開くことはないのです。
　　あなたの誓言、偽りの涙、あなたのお世辞は止めなさい。
　　というのも、堅固な心に突破口を開けることはできません。」

このようにいって、アドーニスはヴィーナスの求愛を拒否します。ここでのアドーニスはギリシア・ローマ神話に描かれるアドーニスとは全く違った姿をとっていることが判ります。
　さて、アドーニスが狩りに出かけると聞いたヴィーナスは、猪に気をつけるように注意を促します。それは次のように描かれます。

> 'The boar!' quoth she, whereat a sudden pale,
> Like lawn being spread upon the blushing rose,
> Usurps her cheek; she trembles at his tale,
> And on his neck her yoking arms she throws.
> 　She sinketh down, still hanging by his neck;
> 　He on her belly falls, she on her back. 　　（589-94）

「猪ですって！」と彼女はいいます。それに対して、
　赤くなっているバラの上に拡げられた紗の布のような突然の青白さが
　彼女の頬を奪い、彼女は彼の話に震える、
　　そして、彼の首にくびきのように腕を投げかけ、

第3章　『ヴィーナスとアドーニス』と古典文学　　91

彼女は彼の首にぶらさがりながら、彼を下に引き寄せる、
　　　彼は彼女の腹の上に倒れ込み、彼女は仰向けになる。

このように、ヴィーナスは猪がアドーニスを殺すのではないかと恐れ、そして恐れながら、彼を抱きしめようとするのです。ここにはヴィーナスの恐れと情熱が官能的に描かれています。彼女は長々と、猪に気をつけるように雄弁に説得を続けます。雄弁さもまたシェイクスピアのヴィーナスの特徴であるといってよいと思います。このような雄弁さや官能性はギリシア・ローマ神話のヴィーナスにはない特徴です。

　ヴィーナスの助言も甲斐はなく、アドーニスは狩りにでます。そして、ヴィーナスの懸念したように、猪に殺されます。当然にヴィーナスは嘆き悲しみます。そして、ヴィーナスは奇妙な理屈で自分を慰めようとします。

　　　'But this foul, grim, and urchin-snouted boar,
　　　Whose downward eye still looketh for a grave,
　　　Ne'er saw the beauteous livery that he wore:
　　　Witness the entertainment that he gave.
　　　　If he did see his face, why then I know
　　　　He thought to kiss him, and hath killed him so.　　（1105-10）
「しかしこの嫌で陰険で、ハリネズミの鼻をもつ猪は、
眼はいつも下を向いており、墓を見ていて、
決して、彼が身につけている美しい容姿を見たことはないの

だ。

　彼が与えた処遇を見るがよい。

　　もしも猪が彼の顔を見たならば、私には判るが、

　　猪は彼にキスしようとし、そうして彼を殺したのだ。

ケンブリッジ版シェイクスピア詩集の編集者であるジョン・ロー氏（John Roe）は、猪がアドーニスにキスしようとして誤って殺した、という詩的な構想は当時一般に知れ渡っていた、と説明しています。このような構想はオウィディウスにはないものですが、ギリシア詩の中にはあるものです。シェイクスピアはオウィディウスではなく、ギリシア神話の方を採っていることが判ります。

　この考えは次の連でもヴィーナスによって続けて述べられます。

　　''Tis true, 'tis true, thus was Adonis slain:

　　He ran upon the boar with his sharp spear,

　　Who did not whet his teeth at him again,

　　But by a kiss thought to persuade him there;

　　　And nuzzling in his flank, the loving swine

　　　Sheathed unaware the tusk in his soft groin.　　（1111-16）

「そうなのだ、そうなのだ、こうしてアドーニスは殺されたのだ。

　彼は鋭い槍を構えて猪に向かって走ったが、

第 3 章　『ヴィーナスとアドーニス』と古典文学　　93

猪の方ではその牙を彼に向って研ぐことをせず、
キスによって彼をそこに宥めようと考えた。
　そして彼の横腹に鼻をすりつけて、好意をもっている猪は
不注意にも牙を彼の柔らかい股に収めたのだ。

アナクレオン風ギリシア詩「死亡したアドーニスに」では、猪は単に「アドーニスにキスしようとしたのだ」とだけ表現されていましたが、シェイクスピアにおいては、この件は丁寧に描写されています。この饒舌さと官能性は古典作品には見られないもので、シェイクスピアのものであるといえるでしょう。

　ともあれアドーニスは死亡します。オウィディウスでは、毎年アドーニスの死を悼むアドーニス祭が行われ、ヴィーナスの心を癒すことが明らかにされます。シェイクスピアにおいてはそのような祭に対する言及はなく、寧ろ反対に、アドーニスが死んだので、後は悲しみが残るだけだ、と予言します。

　　'Since thou art dead, lo, here I prophesy,

　　Sorrow on love hereafter shall attend;

　　It shall be waited on with jealousy,

　　Find sweet beginning, but unsavoury end;

　　　Ne'er settled equally, but high or low,

　　　That all love's pleasure shall not match his woe.　（1135-40）

　「あなたが死んだのだから、さあ、ここで私は予言します、
　　恋には、これからは、悲しみが伴います。

それには嫉妬が付きまとうでしょう、
　　始まりは甘美でも、しかし苦い終わりでしょう。
　　　決して同等には定まらず、高いか低いかで、
　　　それで全ての恋の悦びは、その悲しみに及ばないでしょう。

このようにシェイクスピアでは、アドーニスが死んだ今では、恋には悲しみと嫉妬が伴うのだ、といいます。また、恋は戦争の原因にもなる、と次のようにいいます。

　　'It shall be cause of war and dire events,
　　And set dissension 'twixt the son and sire,
　　Subject and servile to all discontents,
　　As dry combustious matter is to fire.
　　　Sith in his prime death doth my love destroy,
　　　They that love best their loves shall not enjoy.'　　（1159-64）
「それは戦争や恐ろしい出来事の原因となるでしょう、
そして、息子と父の間に不和をつくるでしょう。
すべての不満を抱えた人に従い、服従するでしょう、
丁度乾いて引火し易い物が火に対してそうであるように。
　死が私の恋する人を若い盛りに滅ぼしたのだから、
　最もよく恋する人も彼らの恋を楽しめないでしょう。」

このように、アドーニスが死んだからには悲しみと世の中の騒乱とが起こり、恋する者たちも恋を愉しめなくなるとヴィーナ

第3章　『ヴィーナスとアドーニス』と古典文学　　95

スはいうのですが、このような内容は古典作品が描くところのものとはまったく異なっています。

　オウィディウスにおいては、ウェヌスは死亡したアドーニスの血からアネモネを生じさせます。シェイクスピアでも、ほぼ同様にアドーニスから花が生まれてきます。

> By this the boy that by her side lay killed
> Was melted like a vapour from her sight,
> And in his blood that on the ground lay spilled
> A purple flower sprung up, check'red with white,
> 　Resembling well his pale cheeks and the blood
> 　Which in round drops upon their whiteness stood.
> 　　　　　　　　　　　　　　　(1165-70)

これによって、彼女の傍で死んで横たわっていた少年は
蒸気のように溶けて、彼女の視界から消えました。
そして地面にこぼれていた彼の血から
紫色の花が、白色も交じって、咲き出でました。
　彼の青白い頬に、また血にも、似ていました、
　頬の白さの上で丸い滴の中で留まっていた血に［似ていました。］

オウィディウスにおいては、咲き出る花はアネモネでしたが、シェイクスピアにおいては、アネモネと特定されてはいません。ただ、次のスタンザでヴィーナスが花の芳しい匂いを嗅ぐとい

う場面があります。「風」はギリシア語では ἄνεμος（アネモス）ですから、アネモネは風に因むわけですが、ここでは、風・息という連想から、この咲き出た花がアネモネらしいと推定することは出来ると思います。

4　結論

　シェイクスピアの『ヴィーナスとアドーニス』は古典文学（他にも影響を与えたと考えられる作品はあるものの）、主にオウィディウスの『変身物語』第10巻で語られる「ウェヌスとアドーニス」の挿話に依拠しています。シェイクスピアは、しかし、オウィディウスの原作を英語に翻訳した訳ではありません。彼なりに素材を取捨選択しています。そこで、どのような要素を取り入れ、何を捨てたか、という点を考察すると、シェイクスピアの目指すところが判ると思われます。

　ギリシア神話では、アドーニスは猪に殺されます。しかしローマのオウィディウスでは、最終的には猪に殺されますが、猪よりも、ライオンが強調されています。猪はむしろ副次的な存在でありました。しかし、それはオウィディウスに特有の要素であり、ギリシア的な要素ではないといえます。ライオンと猪という点では、シェイクスピアはオウィディウスを取らず、ギリシア神話に回帰しているといえるでしょう。

　シェイクスピアでは、ヴィーナスは、より積極的に求愛し、アドーニスは強くこれを拒む、という対立の図式がみられます。こうすることによって、求愛の行動がより鮮明に強調されるこ

とになります。ギリシア神話では、アドーニスはウェヌスの「夫」とされ、両者の間には、ある親密な関係が想定されました。すでに両者の間にこのような関係が存在しているようでは、求愛行動の意味と重要性は低下することになります。(「夫」という場合、普通の意味で「夫」として存在するのであれ、または名目上の「夫」に過ぎないのであれ、親密さという観点からは、それほどの違いはないと考えられます。)

　シェイクスピアにおいては、ヴィーナスとアドーニスの間には少しも親密な関係は存在しません。彼が描きたかったのは、求愛行動それ自体であったと思われます。求愛行動をどれほど雄弁にまた官能的に描くことができるか、この点を極限まで追求することにシェイクスピアの興味はあったように思われます。この結果、シェイクスピアにおいてヴィーナスは極めて人間的な性格をもち、より迫力のある存在として読者の前に現れるのです。ウェヌスはギリシア・ローマ神話の中で描かれる神話的な存在から、より人間的な存在へと変質したといえるでしょう。そしてシェイクスピアの『ヴィーナスとアドーニス』という作品はイギリスのルネサンス期に現れた人間存在を高らかに歌いあげる人間賛歌となったといえるでしょう。

注
1) *The Greek Bucolic Poets,* with an English Translation by J. M. Edmonds, The Loeb Classical Library (Cambridge, Mass.: Harvard U. P., 1977), p. 386.
2) 同上書, pp. 480-483.

3) Theocritus, *Six Idillia that is, Sixe Small, or Petty Poems, or Aeglogues, Chosen out of the Right Famous Sicilian Poet Theocritus, and Translated into English Verse*, Printed at Oxford : By Ioseph Barnes, 1588.
4) 第31歌は解読不能な断片が残っているだけです。A. S. F. Gow, ed. *Theocritus,*vol. I. Introduction, Text, and Translation (Cambridge U. P., 1998) 参照。1588年版の英訳詩集に収められた第31歌の翻訳は別の詩人の作品を訳したものと思われます。
5) 引用は Ovid, *Metamorphoses*, translated by Frank Justus Miller (The Loeb Classical Library, 2 vols. Cambridge, Mass.: Harvard U. P., 1984) に拠る。
6) Horace, *Odes and Epodes,* ed. Niall Rudd (The Loeb Classical Library, 2004), p. 216.
7) "to do a goddess good. / Being so enraged, desire doth lend her force" の箇所では、d音が、ヴィーナスの激しい情熱を強調しつつ、欲求を表す4行目と彼女の行為を表す5行目との連続性を作っています。また5行目では、enraged, desire, force, と弱強5歩格の強音節3つがr音を持ち（her は弱音節ですがr音を持っている）、ヴィーナスの欲望とその行為に勢いを与えています。
8) シェイクスピアからの引用は John Roe 編集の New Cambridge Shakespeare 版に拠る。
9) C. S. Lewis, *The Four Loves* (Glasgow: Collins, 1977) 参照。4つとは Affection, Friendship, Eros, それに Charity である。

引用・参考文献

The Greek Bucolic Poets, with an English Translation by J. M. Edmonds, The Loeb Classical Library. Cambridge, MA.: Harvard U. P, 1977.

Horace, *Odes and Epodes.* Ed. Niall Rudd. The Loeb Classical Library. Cambridge, MA.: Harvard U. P., 2004.

Ovidius Naso, Publius. *Metamorphoses*. Translated by Frank Justus Miller. The Loeb Classical Library, 2 vols. Cambridge, MA.: Harvard U. P., 1984.

____. *Metamorphoses*, Book XIII. Ed. Neil Hopkinson. Cambridge Greek and Latin Classics. Cambridge: Cambridge U. P., 2000.

Shakespeare, William. *Venus and Adonis, the Rape of Lucrece and Sonnets*. Ed. with Introduction and Notes, Y. Okakura. Tokyo: Kenkyusha, 1928.

____. *The Complete Sonnets and Poems.* Ed. Colin Burrow. The Oxford Shakespeare. Oxford U. P., 2002.

____. *The Poems*. Ed. John Roe. The New Cambridge Shakespeare, Updated Edition. Cambridge U. P., 2006.

____. *Shakespeare's Poems*. Eds. Katherine Duncan-Jones & H. R. Woudhuysen. The Arden Shakespeare. Thomson, 2007.

Theocritus. *Sixe Idillia that is, Sixe Small, or Petty Poems, or Aeglogues, Chosen out of the Right Famous Sicilian Poet Theocritus, and Translated into English Verse.* Printed at Oxford : By Ioseph Barnes, 1588.

____. *Theocritus, vol. I.* Introduction, Text, and Translation. Ed. A. S. F. Gow. Cambridge U. P., 1998.

____. *Theocritus, vol. II.* Commentary, Appendix, Indexes, and Plates. Ed. A. S. F. Gow. Cambridge U. P., 1998.

第4章

シェイクスピアとエクプラシス

小林潤司

　本章では、古典修辞学の概念である「エクプラシス」と「エナルゲイア」がシェイクスピアの「劇的な語り」のなかに、どのように活かされているか、「語り」を「劇」へと昇華させる上でどのような働きをしているかについて考えてみたいと思います。

1　「エクプラシス」とは？

「エクプラシス」(ekphrasis) とは、絵画、彫刻といった造形芸術をことばによって詳細に描写することを指す文学用語で、もともとは古典修辞学の用語です。『イーリアス』(*Ilias*) 第18巻にあるアキレウスの楯の描写や、アエネーアスがカルタゴに建設中の神殿で見たトロイア戦争の描写（『アエネーイス』*Aeneis*、第1巻）、キーツ (John Keats, 1795-1821) の「ギリシアの壺に寄せるオード」("Ode on a Grecian Urn")などが典型

的な例としてよく挙げられるのですが、ホメーロスの「アキレウスの楯」にしても、『アエネーイス』の建築彫刻にしても、キーツの「壺」にしても、造形芸術として再現された様々な形象を詩のことばによって詳細に描出したものであり、視覚的な再現（representation）をことばによって再現（represent）しなおすことを「エクプラシス」の中核的な意味と考えてよいでしょう。

シェイクスピアにおいても、『シンベリン』（*Cymbeline*）でヤーキモーが、主人公の妻イモジェンの寝室に侵入したことを証明するため、そこに飾られていた絵画の図柄を主人公に説明するくだり（第2幕第4場）、『ルークリースの凌辱』（*The Rape of Lucrece*）でタークィンに凌辱され悲嘆にくれるヒロインが自らの苦難と引き比べつつ見入る、トロイ落城の模様を描いた「一枚の見事な絵画」（"a piece / Of skillful painting"［1366-67］）を約200行にわたって描写したくだりは、典型的なエクプラシスの例といえます。

もっとも、古典修辞学において「エクプラシス」という用語は、対象が自然物か人工物かにかかわらず、どのようなものでも、ことばによっていきいきと描写することに関わることばであり、元来は、弁論術の教程における、そのような描写の練習の項目を指す用語であったようです。

「エクプラシス」と同様、ことばによる描写の視覚性、あるいは視覚的想像力に訴える効果を指す修辞用語に「エナルゲイア」（enargeia）があります。「エナルゲイア」とは、物事を述べる際に、それをあたかも眼前にしているかのように描写すること、

絵に描くようにことばで描写することを指して、クインティリアーヌス（Marcus Fabius Quintilianus, ?35-?100）が用いた用語です（Vickers 321-22）。ルネサンス期においてもエラスムス（Erasmus）は「エナルゲイア」を、「単純に説明するのではなく、絵として色鮮やかに描かれたかのように見えるように示し、書き手のほうは語っているのではなく描いているかのように、読み手のほうも読んでいるのではなく見ているかのように思わせる」ことと定義しています（Meek 12-13）。より効果的なエクプラシス（ことばによるいきいきとした描写）を目指すとすれば、必然的にエナルゲイア（受容者の想像力に訴える視覚的な描写）の追究が要請されるわけです。「絵に描いたような活き活きとした描写」という「エクプラシス」の本来の意味から、「絵に描いたような」という「エナルゲイア」的効果の部分が前面に迫り出すことによって、絵や彫刻といった造形芸術そのものの再表象を表わす「エクプラシス」の狭義の用法が確立したことは容易に推測することができます。

　古典修辞学の強い影響のもとに発達したルネサンス期の詩学においても、詩の理想型のひとつは「絵のような詩」（ホラーティウス［Quintus Horatius Flaccus, 65BC-8BC］『詩学』*Ars Poetica* ［361-365］: "ut pictura poesis"=poetry is like painting）でした。『シンベリン』や『ルークリース』の例のように、造形芸術（この場合はいずれも絵画）をことばによって「再現」する狭義のエクプラシスは、詩人（劇作家）が、自らの「絵のように語る」力量を誇示するためのデモンストレーションという意味合いも

あったのです。

　ことばを用いて「絵のように語る」のがエクプラシスであると言っても、『シンベリン』の場合でも、『ルークリース』の場合でも（あるいは『イーリアス』でも『アエネーイス』でもそうですが）、何も実在する造形芸術作品の描写をそのままことばでなぞっているというわけではありません。戯曲である『シンベリン』の場合、それを上演する舞台の上に、せりふで描写している通りの絵が実際に登場したとは考えられないわけですから（もし描写されている通りの絵画が実際に舞台上に登場するのであれば、せりふによる詳細な説明は不要ですね）、観客が聴くせりふの描写は、実際には見ていない架空の絵画についての描写でした。

『ルークリース』にしても、『イーリアス』や『アエネーイス』にしても、そのエクプラシス描写を読む（聴く）人は、言語の喚起力だけで映像を頭のなかの想像のスクリーンに映し出すことを期待されているのです。エクプラシスは、実は、単に絵や彫刻などの造型芸術をそのままことばで再現している（なぞっている）のではなく、むしろ、絵や彫刻をそのまま描写しているという想定で、実際には、「絵にも描けない」場面を、ことばでいきいきと描き出しているわけです。

　従って、「絵のような詩」は、仮に絵そのものを描写しているという想定を外したとしても、情景をまるで絵に描いたように描写することによって同様の効果を発揮することもあります。次節では、そのような描写の実例として、『ハムレット』

におけるガートルードによるオフィーリア水死の語りを見ましょう。

2　オフィーリア漂流──シェイクスピア、ミレー、そして漱石へ

『ハムレット』第4幕第7場で、王クローディアスとレアーティーズが、ハムレット謀殺の手筈を打ち合わせているところに、王妃ガートルードが現れ、レアーティーズの妹オフィーリアの死の報せをもたらします。

> QUEEN.　One woe doth tread upon another's heel,
>   So fast they follow.（4.7.163-64）
> 　王妃　悲しみが次から次に踵を接して。

これは一面においては、王妃が胸中に抱く思いの表出であることは間違いありませんが、同時に、別のもう一面においては、物語の「地の文」に相当するコーラス（説明役）的せりふでもあって、観客の思いを先回りして言語化した発話でもあります。ここでは〈キャラクターの声〉と〈作品の声〉とが拮抗していると言えるでしょう。

> 　　　　　　　　　　　　　Your sister's drown'd, Laertes.
> LAERTES.　Drown'd! O, where?（164-65）
> 　　　　　　レアーティーズ、あなたの妹が溺れました。

第4章　シェイクスピアとエクプラシス　　105

レアーティーズ　溺れた？　どこで？

"Your sister's drown'd, Laertes." は、後に続く報告の概要です。レアーティーズの "Drown'd! O, where?" は、実にシンプルな応答ですが、それだけに一層自然で劇的な反応と言えます。この場面全体は基本的に無韻詩形（ブランク・ヴァース）で書かれていますが（王が朗読するハムレットからの手紙［43-48行目］が散文で書かれているのが例外）、この1行のせりふは、その詩行を構成するのに必要な詩脚の数（五詩脚）をそなえていません。詩行としての破格の短さは、このせりふの後に続く「間」の存在を暗示しています。それは、驚愕するレアーティーズの絶句を表象する劇的な「間」であると同時に、コミュニケーションのモードを異にする王妃の詩的描写を導入するための作劇的な「間」でもあります。

　　QUEEN.　There is a willow grows askaunt the brook,
　　　That shows his hoary leaves in the glassy stream,（166-67）
　　王妃　土手から斜めに柳が生え、
　　　小川の水面(みなも)に白い葉が映るあたり。

王妃の語りに入るとふたつの声の均衡は破れます。〈キャラクターの声〉は後退し、相対的に〈作品の声〉が迫り出してきます。語りはまず情景描写から始まります。語りは実際には存在しない「絵」を聞き手の内面に心的現象として現出させる創造の「わ

ざ」ですから、王妃の語りが "There is a willow grows askaunt the brook [...]" という存在文によって導入されているのは当を得ています。最初の強勢が置かれる語 "is" の意味は重いのです。続く "That shows his hoary leaves in the glassy stream" は、レアーティーズの問いへの返答としては過剰な叙述であると言わざるを得ません。第一、樹木が小川に張り出すように生えていれば、その葉の茂りが水面に反射しているのは言うまでもないことです。これはもはやレアーティーズに向けての王妃の情報伝達のことばではなく、劇作家が観客に向けて、より直接に語りかける詩のことばです。劇中人物間のコミュニケーションは、もはや、透明な「第四の壁」によって観客と隔てられた劇中世界の内で閉じているかのように偽装することを一時的にやめています。〈キャラクターの声〉は〈作品の声〉に一時的に道を譲っているのです。"hoary" は、単に川面に映る柳の葉裏の白さを指し示すだけでなく、「年積もりて髪白き」という含意によって、柳が古木であることを暗示し、"glassy" は、水面の光学的な反射の作用を表わすだけでなく、小川の流れが鏡面のように平らかであることをも暗示しています。これらの詩的で含蓄に富んだことばを、王妃のパーソナリティーや意図に直接紐づけること、つまり王妃がしかじかの性格であるから、また、しかじかの意図を持って、このようなことば使いをしていると考えることはまったく合理的ではありません。

Therewith fantastic garlands did she make

> Of crow-flowers, nettles, daisies, and long purples
>
> That liberal shepherds give a grosser name,
>
> But our cull-cold maids do dead men's fingers call them. (168-71)
>
> あの子はその枝で豪華な花飾りを作っていました。
>
> 金鳳花、刺草、雛菊、それから、
>
> 口さがない羊飼いたちが卑しい名前で呼ぶけれど、
>
> 純潔な乙女たちは死人の指と読んでいる紫蘭——

観客の脳裏に描き出された川辺の情景に、乙女の姿が点景として加わります。乙女の花冠にあしらわれた野花の小カタログ("Crow-flowers, nettles, daisies, and long purples")が情景に野趣を添えます。これもレアーティーズに対する王妃の情報伝達のことばではなく、劇作家が観客に向けて、より直接的に語りかける詩のことばと見なすべきものでしょう。続く"That liberal shepherds give a grosser name, / But our cull-cold maids do dead men's fingers call them." も劇中人物間の伝達のことばと見なすことの困難な、詩的な脱線です。この脱線は、表面的には、語りにみなぎる哀感を削ぐかのようにも思えますが、オフィーリアが最後に舞台に登場した場面における彼女の狂気のせりふの口調("There's rue for you, and here's some for me; we may call it herb of grace a' Sundays."「あなたには芸香。それと私にも少し。日曜には、恵みのハーブとも言うのよ」[4.5.181-83])を想起させることによって、かえって哀感を高めているのです。

108 シェイクスピア 古典文学と対話する劇作家

> There on the pendent boughs her crownet weeds
>
> Clamb'ring to hang, an envious sliver broke,
>
> When down her weedy trophies and herself
>
> Fell in the weeping brook. Her clothes spread wide,
>
> And mermaid-like awhile they bore her up,
>
> Which time she chaunted snatches of old lauds,
>
> As one incapable of her own distress,
>
> Or like a creature native and indued
>
> Unto that element. (172-80)
>
> そのすてきな花環を、垂れた枝にかけようと、
>
> 柳によじ登ったとたん、意地の悪い枝が折れ、
>
> 花環もろとも、まっさかさまに、
>
> 涙の川に落ちました。裾が大きく広がって、
>
> 人魚のように、しばらく体を浮かせて――
>
> そのあいだ、あの子は古い小唄を口ずさみ、
>
> 自分の不幸がわからぬ様子――
>
> まるで水の中で暮らす妖精のように。

静的な情景描写から一転して、動的な事故の描写が続きます。乙女は柳の木に登り損ねて小川に転落するのです。柳の枝を形容する "envious"、小川を形容する "weeping" のなかにはキャラクターの声が潜んでいます。つまり、これらの形容詞のなかに観客は、王妃の感情の表出を聞き取らずにはおれません。それは、柳の枝が「悪意を持っている」と感じ、小川が「（乙女の

不運を哀れんで）すすり泣いている」と感じて、これらの形容詞を選択している主体としての王妃のキャラクター（人格＝個性）を想定しても、この場合、それほど無理がないからです。作品の声の間にかすかに響くキャラクターの声を観客が耳聡く聞き分けるのは、これを語っているのが、古典劇に頻繁に登場する無名の「使いの者」ではなく、一定のパーソナリティーをそなえたキャラクターである以上当然のことです（ここまでの経緯から考えて、王妃がオフィーリアの死という事態に直面して冷静にいられるはずはありません）。この場合、仮に王妃の感情に表出の機会がまったく与えられていないとしたら、いかにも不自然です。ただ、借り手の感情の直接的な表出を暗示する語句が、静的描写の箇所には現れず、動的描写の箇所にのみ現れるという事実（"envious"、"weeping" の他、182 行目の "the poor wretch" がやはり、水底に沈んでいく乙女の動的描写のなかに挿入されています）は、劇作家の意識的な操作を暗示しています。このような語句を、静的な情景描写のなかから排除し、スピード感を伴う運動の描写のなかに挿入することで劇作家は、観客に「語り手の主観によって事実が歪曲されているのでないか」という無用の反省的推論を働かせる暇を与えまいとしているのです。

> But long it could not be
> Till that her garments, heavy with their drink,
> Pull'd the poor wretch from her melodious lay

To muddy death.
LAERTES.　　　　　　Alas, then, she is drown'd?
QUEEN.　Drown'd, drown'd.（180-84）

　でも、それも長くは続かず、
　服が水を吸って重くなり、哀れ、あの子を
　美しい歌から、泥まみれの死の底へ
　引きずり下ろしたのです。
レアーティーズ　　　　　では、溺れて？
王妃　溺れた。溺れたわ。

動的な描写は、再び静かな絵画的描写によって取って代わられます。静から動へ、そして再び静へという移行は、前後に静的描写を配置することで動的描写のダイナミズムを際立たせているとともに、語り全体にひとつのリズムを与えています。このドラマティックなリズムによって語りはある種の「劇」へと高められています。静かな水面に広がる乙女の衣服、乙女が切れ切れに口ずさむ賛美歌。王妃の叙述が、人魚のように川面に漂う、絵のようなオフィーリアの描写に至ると、彼女は舞台裏で乙女の水死を目撃し、自分の目で見た事実をここで報告しているのだというリアリスティックな想定がもはや妥当性を持たなくなります。観客は、「黙って見ていないで、助けてやればよかったのに」という冷静な「突っ込み」を入れることさえ忘れて聴き入ってしまうのです。少なくとも観客の意識の上では、このせりふを語っているのは、もはや〈キャラクターの声〉ではな

く完全に〈作品の声〉だからです。詩的な語りが、そのエナルゲイア（受容者の想像力に訴える視覚的な描写）によって可憐な草花に取り巻かれて水面に漂うオフィーリアの美しい「絵」を観客の内部に完成する時、その想像の画像から目撃者（＝語り手）の姿は消滅しているのです。

　ガートルードによるオフィーリア水死の迫真的な語りは、造形芸術の描写を再表象する狭義のエクプラシスではありません。上に述べた通り、登場人物による報告という体裁をとりながら、語り手のキャラクターとしての実体を一時的に棚上げして〈作品の声〉を聞かせる、典型的な「劇的な語り」なのですが、それがまさに「絵のような詩」——あるいは、根源的な意味でのエクプラシス描写——になっていることについては、この「詩」が後に絵画化され、この場面のみならず『ハムレット』という作品そのものと強力な連想関係で結びついたポピュラーなアイコンになっている事実が恰好の傍証になるでしょう。ジョン・エヴァレット・ミレーの絵画「オフィーリア」です。

　ミレーの「オフィーリア」が、ガートルードによるオフィーリア水死の絵画的描写のエナルゲイア的効果によって触発された、画家の想像力が生み出した図像であることは言うまでもありません。この絵は、オフィーリアの身体とともに樹上から水面に散らばり落ちた花々を描き出すことで、一瞬前に起こった転落の顛末を暗示し、スカートの布地が水面にふわりと広がっている様子によって、その浮力と一時的に拮抗している、見えない下半身の質量と、それを水中へと引き込んでいく重力の大

ジョン・エヴァレット・ミレー「オフィーリア」
Reproduced by permission. © Tate, London 2013

きさを暗示しています。一枚の静止画でありながら、そのなかに前後のアクションを巧みに結晶化する画家の工夫が見て取れます。

　シェイクスピアによる、「絵のような詩」(劇的語り)がミレーによって絵画化されると、今度は、この絵画にインスパイアされた作家が、ことばで絵を描出するエクプラシス描写を試みることになります。近代日本におけるエクプラシス文学の傑作のひとつ、漱石の『草枕』には、主人公の画家が、山越えをして到達した桃源郷のような温泉地で出会った女性の風貌に水死するオフィーリアの面影を重ね合わせ、ミレーの絵になぞらえる

第4章　シェイクスピアとエクプラシス　113

箇所があります。

  余は又写生帖をあける。此景色は画にもなる、詩にもなる。心のうちに花嫁の姿を浮べて、当時の様を想像して見てしたり顔に
 花の頃を越えてかしこし馬に嫁
と書き付ける。不思議な事には衣装も髪も馬も桜もはつきりと目に映じたが、花嫁の顔だけは、どうしても思ひつけなかつた。しばらくあの顔か、この顔か、と思案して居るうちに、ミレーのかいた、オフェリヤの面影が忽然と出て来て、高島田の下へすぽりとはまつた。是は駄目だと、折角の図面を早速取り崩す。衣装も髪も馬も桜も一瞬間に心の道具立から奇麗に立ち退いたが、オフェリヤの合掌して水の上を流れて行く姿丈は、朦朧と胸の底に残つて、棕梠箒(しゅろぼうき)で烟を払ふ様に、さつぱりしなかつた。空に尾を曳く彗星の何となく妙な気になる。(『草枕』二)

興味深いことに、これは絵の図柄の忠実な描写になっているわけではありません。ミレーの絵で水に浮かぶオフィーリアは合掌していません。〈合掌するオフィーリア〉は、尼寺の場(第3幕第1場)で父に指図され祈禱書を手に見せかけの祈りを捧げる「欺く女」としての彼女のイメージを連想させ、「外見と内実の不一致」という両作品に共通する重要なモチーフを印象づけています。

 ミレーの絵によって想像力を刺激された小説家は、この画像

から、ガートルードの語りの絵画的描写を想起するだけではなく、父の言いなりに恋人を陥れる道具にされ、偽りの祈りを捧げるオフィーリアの哀切な境遇を連想し、絵にも語りにも明示的に描き出されていない「合掌」を「捏造」しています。シェイクスピア、ミレーから漱石へと至る〈オフィーリア水死〉表象の展開は、アクションを想像のキャンバス上にタブロー化する、さらには、タブローを想像のスクリーン上に動画化する、受容者のエクプラシス的想像力の働きの自在さを如実に示していると言えるでしょう。

3 結論

エクプラシスにせよ、エナルゲイアにせよ、あるいは「絵のような詩」にせよ、表面的には、視覚表象の文字テクスト表象に対する優位を前提にしているかのような身振りを示しながら、実はその真価は、受容者の想像力に働きかけて、絵には決して描けない何ものかを幻視させるところにあります。シェイクスピアの「劇的語り」の表象作用の核心にも、このパラドクスが潜んでいます。劇のなかに埋め込まれた語りによって観客（読者）の視覚的想像力を刺激し、目に見えるアクションによってはもちろん、いかなる造形芸術によっても表象できないドラマティックなイメージを観客（読者）に幻視させているのです。

付記　本章第2節の一部は、拙稿「語りと性格造形——『性格』使者の周囲」（*Queries* 30［1993］: 35-44）に基づく。『ハムレット』

からの引用はリヴァーサイド版（Evans）、日本語訳は河合祥一郎訳に拠る。

引用文献

Evans, G. Blakemore, et al., eds. *The Riverside Shakespeare*. 2nd ed. Boston: Houghton, 1997.
Meek, Richard. *Narrating the Visual in Shakespeare*. Farnham: Ashgate, 2009.
Vickers, Brian. *In Defense of Rhetoric*. Oxford: Clarendon, 1998.
河合祥一郎訳『新訳ハムレット』角川文庫、2003 年。
夏目漱石『漱石全集』全 29 巻、岩波書店、1993-99 年。

シェイクスピアの作品の主要な材源

　シェイクスピアの作品の創作年代と材源をめぐっては、研究者の間でも意見が分かれるケースが少なくありません。ここでは主に、G. Blakemore Evans, ed. *The Riverside Shakespeare*, 2nd ed. (Boston: Houghton Mifflin, 1997) の推定に拠りました。材源については、Geoffrey Bullough, ed. *Narrative and Dramatic Sources of Shakespeare*, 8 vols. (London: Routledge and Kegan Paul, 1957-75) をもとに、主要な材源と作者が参考にした可能性がある作品のうち主要なものに限って挙げました。人名および作品名の表記は原則として『研究社シェイクスピア辞典』に拠りました。

創作年	作品名	主要な材源
1589-90	『ヘンリー六世・第1部』	エドワード・ホール『ランカスター、ヨーク両名家の和合』(1548)、ラファエル・ホリンシェッド『イングランド、スコットランド、アイルランドの年代記』第2版 (1587)、ロバート・フェイビアン『イングランドとフランスの新年代記』(1516) など。
1590-91	『ヘンリー六世・第2部』	エドワード・ホール『ランカスター、ヨーク両名家の和合』(1548)、ラファエル・ホリンシェッド『イングランド、スコットランド、アイルランドの年代記』第2版 (1587)、ロバート・フェイビアン『イングランドとフランスの新年代記』(1516)、ジョン・フォックス『殉教者の書』(1563)、リチャード・グラフトン『詳説イングランド年代記』(1569) など。

1590-91	『ヘンリー六世・第3部』	エドワード・ホール『ランカスター、ヨーク両名家の和合』(1548)、ラファエル・ホリンシェッド『イングランド、スコットランド、アイルランドの年代記』第2版 (1587) など。
1592-93	『リチャード三世』	エドワード・ホール『ランカスター、ヨーク両名家の和合』(1548)、ウィリアム・ボールドウィンら『為政者の鑑』(1559) など。
1592-93	『ヴィーナスとアドーニス』	オウィディウス (43BC-AD18 ローマの詩人)『変身物語』(AD8 またアーサー・ゴールディングによる英訳 1567) など。
1592-94	『間違いの喜劇』	プラウトゥス (254頃-184BC ローマの喜劇作家)『メナエクムス兄弟』(206BC)、『アンピトルオ』(206BC)、ジョン・ガワー『恋人の告解』(1390) など。
1592-95	『エドワード三世』	フロワサール (1337頃-?1410 フランスの年代記作者、詩人)『年代記』(?1495 またバーナーズ卿による英訳 1523-25)、ウィリアム・ペインター (1540-94)『快楽の宮殿』(1566)、ラファエル・ホリンシェッド『イングランド、スコットランド、アイルランドの年代記』第2版 (1587) など。
1593-94	『ルークリースの陵辱』	ジェフリー・チョーサー (1340頃-1400)『善女伝説』(1386頃)、オウィディウス『祭事暦』、ウィリアム・ペインター『悦楽の宮殿』(1566) など。

年代	作品	典拠・出典
1593-94	『タイタス・アンドロニカス』	オウィディウス『変身物語』(AD8 またアーサー・ゴールディングによる英訳 1567)、セネカ (4BC頃-AD65 ローマの哲学者・悲劇作家)『テュエステス』(ジャスパー・ヘイウッドによる英訳 1560)、作者不詳「タイタス・アンドロニカスなる高貴なローマ人の物語と題された本」と「そのバラッド」、プルタルコス (46頃-120 ギリシアの哲学者・伝記作者)『英雄列伝』(ジャック・アミヨによるフランス語訳からトマス・ノースによる英訳 1579) など。
1593-94	『じゃじゃ馬ならし』	作者不詳『ジャジャ馬ナラシ』(1594)、ジョージ・ギャスコイン『取り違え』(1566)
1594	『ヴェローナの二紳士』	トマス・エリオット『為政者論』(1531)、ジョン・リリー『ユーフュイーズ』(1578)、モンテマヨール (1521頃-61 ポルトガル生まれのスペイン語で書いた詩人・小説家)『魅せられたディアナ』(1542)、フィリップ・シドニー『アーケイディア』(1590) など。
1594-95	『恋の骨折り損』	ピエール・ド・ラ・プリモデ『フランス・アカデミー』(英訳 1586 年) など。
1594-96	『ジョン王』	エドワード・ホール『ランカスター、ヨーク両名家の和合』(1548)、ラファエル・ホリンシェッド『イングランド、スコットランド、アイルランドの年代記』第 2 版 (1587)、ジョン・フォックス『殉教者の書』(1583 年版)、作者不詳『ジョン王の乱世』(1591) など。

1595	『リチャード二世』	エドワード・ホール『ランカスター、ヨーク両名家の和合』(1548)、ラファエル・ホリンシェッド『イングランド、スコットランド、アイルランドの年代記』第2版(1587)、ウィリアム・ボールドウィンら『為政者の鑑』(1559)、サミュエル・ダニエル『ランカスター・ヨーク両家の内戦』(1595)など。
1595-96	『ロミオとジュリエット』	アーサー・ブルック『ロミウスとジュリエットの悲劇的物語』(1562)、マテオ・バンデロ(イタリアの短編作家)『物語集』(1554-73 ベルフォレによるフランス語訳『悲劇物語集』からジェフリー・フェントンによる英訳1567)など。
1595-96	『夏の夜の夢』	ジェフリー・チョーサー(1340頃-1400)『カンタベリー物語』(1378-1400)、プルタルコス『英雄列伝』(ジャック・アミヨによるフランス語訳からトマス・ノースによる英訳1579)、作者不詳『ボルドーのユオン』(フランスの古いロマンス13世紀頃)、オウィディウス『変身物語』(AD8 またアーサー・ゴールディングによる英訳1567)など。
1596-97	『ヘンリー四世・第1部』	ラファエル・ホリンシェッド『イングランド、スコットランド、アイルランドの年代記』第2版(1587)、ウィリアム・ボールドウィンら『為政者の鑑』(1559)、サミュエル・ダニエル『ランカスター、ヨーク両家の内戦・第四巻』(1595)、ジョン・ストウ『イングランド年代記』(1580)など。

シェイクスピアの作品の主要な材源

1596-97	『ヴェニスの商人』	セル・ジョヴァンニ・フィオレンティーノ（生没年不明、フィレンツェの人物）『イル・ペコーネ（愚か者）』(1558)、クリストファー・マーロウ『マルタ島のユダヤ人』(1633)、作者不詳『ゲスタ・ロマノールム（ローマ人行状記）』(14世紀半ばのラテン語の説話集) など。
1597	『ウィンザーの陽気な女房たち』	セル・ジョヴァンニ・フィオレンティーノ『イル・ペコーネ（愚か者）』(1558)、バーナビ・リッチ『軍務よさらば』(1581)、オウィディウス『変身物語』(AD8 またアーサー・ゴールディングによる英訳1567)、ジョン・リリー『エンディミオン』(?1588) など。
1598	『ヘンリー四世・第2部』	ラファエル・ホリンシェッド『イングランド、スコットランド、アイルランドの年代記』第2版 (1587)、サミュエル・ダニエル『ランカスター、ヨーク両家の内戦・第四巻』(1595)、エドワード・ホール『ランカスター、ヨーク両名家の和合』(1548)、トマス・エリオット『為政者論』(1531)、ジョン・ストウ『イングランド年代記』(1580) など。
1598-99	『から騒ぎ』	ルドヴィーコ・アリオスト（イタリアの詩人）『狂乱のオルランド』(1516、サー・ジョン・ハリングトンによる英訳1596)、エドマンド・スペンサー『妖精の女王』(1596)、マテオ・バンデロ『物語集』(1554-73 ベルフォレによるフランス語訳からジェフリー・フェントンによる英訳1567) など。

1599	『ヘンリー五世』	ラファエル・ホリンシェッド『イングランド、スコットランド、アイルランドの年代記』第2版(1587)、ウィリアム・ボールドウィンら『為政者の鑑』(1559)、サミュエル・ダニエル『ランカスター、ヨーク両家の内戦・第四巻』(1595)など。
1599	『ジュリアス・シーザー』	プルタルコス『英雄列伝』(ジャック・アミヨのフランス語訳からトマス・ノースによる英訳 1579)、アッピアノス『内乱』(W. B. による英訳 1578)、作者不詳『シーザーとポンピー』(1592-96頃上演)など。
1599	『お気に召すまま』	トマス・ロッジ『ロザリンド』(1590)など。
1600-1	『ハムレット』	サクソ・グラマティカス『デンマーク史』(1150頃-1220頃)など。
1601-2	『十二夜』	作者不詳(イタリアの喜劇)『インガンナッティ(だまされた人々)』(1537)、バーナビ・リッチ『軍務よさらば』(1581)、オウィディウス『変身物語』(AD8 またアーサー・ゴールディングによる英訳 1567)など。

シェイクスピアの作品の主要な材源　　123

1601-2	『トロイラスとクレシダ』	ホメロス（?900BC頃）『イリアス』（ジョージ・チャプマンによる英訳 1611）、オウィディウス『変身物語』（AD8 またアーサー・ゴールディングによる英訳 1567）、ジェフリー・チョーサー『トロイルスとクリセイデ』（1385頃）、ジョン・リドゲイト『トロイの書』（1513）、ロバート・ヘンリソン『クレセイドの遺言』（1593版）、ラウル・ルフェーヴル（フランス人）『トロイ物語大成』（中世ロマンスと古典神話の接ぎ木のようなルネサンス独特の文学ジャンル、ウィリアム・キャクストンによる英訳 1474頃）など。
1602-3	『終わりよければすべてよし』	ウィリアム・ペインター『悦楽の宮殿』（1575）など。
1604	『尺には尺を』	ジョヴァンニ・チンティオ（イタリアの作家）『百物語』（1583）、ジョージ・ウェットストーン『プロモスとカサンドラ』（1578）、バーナビ・リッチ『ブルサヌス』（1592）など。
1604	『オセロー』	ジョヴァンニ・チンティオ（イタリアの作家）『百物語』（1583）、マテオ・バンデロ『物語集』（1554-73、ベルフォレのフランス語訳『悲劇物語集』からジョフリー・フェントンによる英訳 1567）、リチャード・ノウルズ『トルコ人の歴史』（1603）など。

1605	『リア王』	ラファエル・ホリンシェッド『年代記』(1587版)、ウィリアム・ボールドウィンら『為政者の鑑』(1559)、エドマンド・スペンサー『妖精の女王』(1596版)、作者不詳『リア王実録年代記』(1605)、フィリップ・シドニー『アーケイディア』(1590)、サミュエル・ハースネット『途徹もない教皇派のまやかしに関する報告』(1603)など。
1606	『マクベス』	ラファエル・ホリンシェッド『年代記』(1587版)、セネカ『メデア』(ジョン・スタッドレーによる英訳1566)『アガメムノン』(ジョン・スタッドレーによる英訳1566)、作者不詳『ゲスタ・ロマノールム(ローマ人行状記)』(14世紀半ばのラテン語の説話集)など。
1606-7	『アントニーとクレオパトラ』	プルタルコス『英雄列伝』(ジャック・アミヨのフランス語訳からトマス・ノースによる英訳1579)、ロベール・ガルニエ(フランスの劇作家・詩人)『マルク・アントワーヌ』(1578)、アッピアノス(生没年不明 ギリシア人 古代ローマの歴史家)『内乱』(W. B. による英訳1578)、サミュエル・ダニエル『クレオパトラ』(1594)など。
1607-8	『アテネのタイモン』	プルタルコス『英雄列伝』(ジャック・アミヨのフランス語訳からトマス・ノースによる英訳1579)、ルキアノス(120頃-180頃 サモサタ出身のギリシア人風刺作家)『タイモンの対話篇』(イタリア語訳1536)、M. M. ボイアルド(イタリアの詩人 1441頃-1494)『タイモン』(1487頃の戯曲)など。

1607-8	『コリオレイナス』	リウィウス（59BC-AD17 ローマの歴史家）『建国以来のローマ史』（フィリーモン・ホランドによる英訳 1600）、プルタルコス『英雄列伝』（ジャック・アミヨのフランス語訳からトマス・ノースによる英訳 1579）、ウィリアム・キャムデン『ブリテン史拾遺』(1605)、ウィリアム・アヴァレル『驚嘆すべき反対論争』(1588)、フィリップ・シドニー『詩の弁護』(1595) など。
1607-8	『ペリクリーズ』	ジョン・ガワー『恋人の告解』(1554 版)、ロレンス・トワイン『苦難の冒険の典型』(1594? 版)、フィリップ・シドニー『アーケイディア』(1590)、作者不詳『ゲスタ・ロマノールム（ローマ人行状記）』（14 世紀半ばのラテン語の説話集）など。
1609	『ソネット集』（付『恋人の嘆き』）	5 世紀のギリシアの詞花集、ホラーティウス（65BC-8BC ローマの詩人）『エポーディー』『カルミナ』『風刺詩』、オウィディウス『変身物語』(AD8 またアーサー・ゴールディングによる英訳 1567)、ペトラルカ（1304-74 イタリアの詩人、トマス・ワイアットとサリー伯ヘンリー・ハワードによる翻訳）、ロンサール、シドニー、スペンサーなどの恋愛詩、サミュエル・ダニエル『ディーリア』(1592)『ロザモンドの嘆き』(1592)、スペンサー『嘆きの歌』(1591)

1609-10	『シンベリーン』	ラファエル・ホリンシェッド『年代記』(1587版)、マテオ・バンデロ『物語集』(1554-73、ベルフォレのフランス語訳『悲劇物語集』からジェフリー・フェントンによる英訳 1567)、ジョヴァンニ・ボッカチョ(1313-75 イタリアの作家・詩人)『デカメロン』(翻訳者不詳 1620)、作者不詳『愛と運命の稀有な勝利』(1589)、タッソー(1544-95 イタリアの詩人)『解放されたエルサレム』(エドワード・フェアファクスによる英訳 1600) など。
1610-11	『冬の夜ばなし』	ロバート・グリーン『パンドスト』(1588)、フランシス・サビー『水夫の物語』(1595)『フローラの運命』(1595)、オウィディウス『変身物語』(AD8 またアーサー・ゴールディングによる英訳 1567) 第十巻など。
1611	『あらし』	ウィリアム・ストレイチー『ストレイチー書簡』(1610)『ヴァージニア植民地実情報告』(船会社の報告書 1610)、オウィディウス『変身物語』(AD8 またアーサー・ゴールディングによる英訳 1567) 第七巻、ウェルギリウス(70BC-19BC ローマの詩人)『アエネーイス』など。
1612-13	『ヘンリー八世』	ラファエル・ホリンシェッド『イングランド、スコットランド、アイルランドの年代記』第2版(1587)、ジョン・フォックス『迫害の実録』(1583年版) など。

シェイクスピアの作品の主要な材源

| 1613 | 『血縁の二公子』 | ジェフリー・チョーサー『カンタベリー物語』(1378-1400)、ジョヴァンニ・ボッカチョ『テセイダ』(1340頃)、プルタルコス『英雄列伝』(ジャック・アミヨのフランス語訳からトマス・ノースによる英訳1579) など。 |

(作成　廣田麻子)

あとがき

廣田麻子

　本書は、2012 年 11 月に開催された大阪市立大学英文学会のシンポジウムの発表原稿を元に編集されました。最初、第 40 回学会で私が発表するようにとのご依頼がありました。単独の発表をするのだと思ったら、結局シェイクスピアのシンポジウムをすることになり、杉井正史教授が司会をしてくださることになりました。演者として登壇していただくのに、私が全幅の信頼を寄せる高谷修先生にお願いしてみると、二つ返事で OK していただけました。副学長の要職についておられて大変お忙しいはずの小林潤司さんも気安く「いいよ」と言ってくださって、とても楽しそうな方向にことは動きだしました。

　共著者のもともとの関係を紹介いたしますと、小林さんと私は大阪市立大学の 3 回生のときに高谷先生に教わった教え子です。英文科の専門の「英米語・英米文学特講」という科目だったかと記憶します。George Farquhar, *The Recruiting Officer*（New Mermaids, London: Ernest Benn, 1977）をいっしょに読んでいただきました。王政復古期の喜劇です。語の定義はすべて『オッ

クスフォード英語辞典』(*The Oxford English Dictionary=OED*)に基づいて説明しなければ許してもらえない、大変厳しい授業でした。専門課程にあがったばかりの3回生にとっては、教養で習った英語とのあまりもの違いに戸惑い、難儀しました。でも、あのときに1年がかりでOEDを引くことを教わったおかげで、その後も確実に堅実に勉強を続けることができたのだと思います。本書にもOEDの定義に基づいて論じているところがありますが、あの頃教わった姿勢が今も生きているということです。高谷先生はその後、京都大学に移られ、小林さんと私もそれぞれ就職して教室を離れました。その英文教室を、現在、大黒柱として支えておられるのが杉井教授という関係です。

　小林さんは鹿児島、高谷先生は京都、杉井教授と私は大阪と、地理的に離れています。同じ大阪にいる杉井教授と私とて、キャンパスがやや離れていることもあって、頻繁にお話しすることはできません。そこで、電子メールやTwitterやFacebookでやり取りして、話し合いを進めました。テーマは「シェイクスピア」についてということは決まっていたのですが、せっかく高谷先生にご登壇いただくのだから「古典」を入れようということで案を出し合うと、「シェイクスピア:古典と対話する劇作家」という案が小林さんから出されました。「さすがは副学長、ポイントを押さえ、『対話』というところが現代的でもあり、簡潔かつ強いインパクトもある」ということでその案でいくことに決定しました。

　このテーマにそって、「シェイクスピアはきっと古典と対話

しながら劇を書いたんだよな、どんな風に対話したんだろう？」と考えながらテクストを読むのはとても楽しい時間でした。シェイクスピアの詩や戯曲を読んでいると、突然、現代では思いつかないような大げさで雄弁な比喩に出会います。そこがおもしろいところでもあり、また難しいところでもあると感じるのですが、そのような比喩の奥に古典の世界が広がっていることがじつに多いのです。だからシェイクスピアと古典の双方のテクストを読み比べてみると、難解な部分が解きほぐれて、シェイクスピアの比喩の向こうにある典雅な古典の世界をかいま見ることができるのです。そしてまた、シェイクスピアが豊かに、自由に、古典を劇にとり込んでいる、その柔軟な自由さと大胆さに感じ入るのです。

　2012年の夏にいちど、発表の要旨を持ち寄って、京都の高谷研究室に集まりました。そのとき、副学長としてどんなに忙しくとも普段からよく勉強している小林さんは、日頃の勉学で蓄えた知識を結実させて、シェイクスピアの戯曲における古典修辞学の技法についての原稿をすでに書き上げていました。本書の第4章にあたる部分です。どんなテーマが設定されたとしてもシェイクスピアのことなら対応できるほどシェイクスピアに精通しておられるからこそなせるわざです。そのとき高谷先生はまだ原稿をお書きになっておられないご様子でしたが、本テーマは高谷先生にとってお手の物であることはわかっていました。毎年、授業でかならずシェイクスピアの劇を読んでおられるし、ギリシア語・ラテン語・イタリア語の古典のご研

究にも年季が入っておられるからです。じっさい英文学者にして高谷先生ほど古典語がほんとうにおできになる人はめったにいらっしゃらないものです。本書の第3章、シェイクスピアの『ヴィーナスとアドーニス』とその材源となるギリシア語とラテン語の作品との比較は、その点でたいへん貴重な、高い価値のある論文です。英文学の専門家の読者にはきっとその価値がお分かりになるでしょう。私はといえば、上のお二人のように特別なことができない分、自分のできる範囲でできるだけ丁寧に英語とラテン語を読むことを心がけました。丁寧といえば聞こえはいいのですが、実はのらりくらり読むのとそれほど変わるものではありません。そんな私たちを、おもに杉井教授がペースメーカーとなり、早め早めに準備するよう引っ張ってくださいました。おかげで学会に間に合って原稿を仕上げることができました。ギリシア語の引用を含む原稿を書いておられた高谷先生は、最後の最後までかかっておられて、学会当日も朝早くから京大に行かれてハンドアウトをコピーしてから来られたとのことでした。ギリシア語は、英語やラテン語とは文字からして違っているので、入力するのも一苦労なのです。さらに古典ギリシア語となると、文字にアクセントやらヒゲのような気息記号やらがついて、現代ギリシア語よりもさらに複雑なのです。

　こうしてほぼ1年がかりで準備してきたのに、学会当日の一人当たり話題提供の持ち時間はたったの15分で、用意した原稿をかなり早口で読まざるを得ませんでした。私たちの用意した原稿は学会で共有するだけではもったいないという自負もあ

り、せっかくだから本にまとめようということになりました。このように、本書の各章はシンポジウムのための発表原稿に基づいているので、聴衆に語りかけるような、分かりやすい言葉で書かれています。内容も、一般読者のみなさまや、英語・英文学を学びはじめたばかりの学生さんたちにも親しみやすいものになっています。とくに、小林さんの書かれた「まえがき」は、この分野の入門として大変分かりやすく、かつ専門的にも読みごたえのあるものとなっていますので、英文科の教科書としても使用していただけるでしょう。杉井教授もプラウトゥスと『間違いの喜劇』を比較した論考（本書第1章）を書き下ろしてくださり、具体的な引用に基づく丁寧で専門的な読みを披露してくださいました。他の論考に関しても、専門の読者がお読みになっても十分に耐えられる、いや専門家ほどその価値が分かっていただける内容かと思います。

　しかし本書をなによりも誇れる点は、その楽しさです。ほとんどお祭り騒ぎのようなドタバタのすえ、本書は誕生しました。そもそもシンポジウムというのは、ギリシア語で「宴会」を意味することばなのです。お祭りや酒盛りを楽しむように、著者たちは研究を楽しみ、何十年もOEDを引き引き、読み続けてきました。その情熱を読者のみなさまと分かち合うことができれば、これはまたなんと楽しいことでしょう。原稿は細心の注意を払ってお互いに読み合いましたが、それでも間違いがあるかもしれません。どうか、ご忌憚なくご教示いただければ幸いに存じます。

あとがき　133

最後に、本書の出版をお引き受けくださり、美しい装丁の本に仕上げてくださいました松籟社の木村浩之氏には大変お世話になりました。ここに篤くお礼申し上げます。

2013 年 11 月

● 索　引 ●

・本文、注、ならびに「シェイクスピアの作品の主要な材源」で言及された人名、書名、組織名、専門用語等を配列した。
・作品名は原則として作者名の下位に配置している。
・ウィリアム・シェイクスピアについては本書全体で扱っているので、作品名についてのみページ数を拾っている。

【あ行】
『愛と運命の稀有な勝利』(*The Rare Triumphs of Love and Fortune*) 作者不詳　127
アヴァレル、ウィリアム (William Averell)　126
　　『驚嘆すべき反対論争』(*A Marvaillous Combat of Contrrarieties*)　126
アタランタ (Atalanta)　79, 82
アッピアノス (Ἀππιανός, 英語名 Appian)　125
　　『内乱』(*Civil Wars*)　125
アドーニス (Ἄδωνις, Adonis)　22-23, 75-98, 119, 132
アナクレオン風 (Anacreonta)　78, 94
アフロディーテー (Ἀφροδίτη, Aphrodite, ローマ神話のウェヌス)　76-78, 85
アミヨ、ジャック (Jacques Amyot)　120-121, 123, 125-126, 128
アリオスト、ルドヴィーコ (Ludovico Ariosto)　122
　　『狂乱のオルランド』(*Orlando Furioso*)　122
アレース (Ἄρης, Ares, ローマ神話のマルス Mars)　78
アンジェロ (Angelo)　39-40
アンダーソン、ウィリアム S. (William S. Anderson)　67, 73
アンティフォラス (Antipholus)　29-31, 33-34, 36-37, 39-40, 45, 50
イージオン (Egeon)　26-28, 40, 44, 53
『インガンナッティ』(*Gl'Ingannati*「だまされた人々」) 作者不詳　123
猪　78-83, 91-94, 97

索引　135

ヴァイオラ（Viola）　　57-58, 63-66, 68-70, 72
『ヴァージニア植民地実情報告』（*The True Declaration of the Estate of the Colonie in Virginia*）　127
ヴィーナス（Venus）　　22-23, 75-76, 78, 80-81, 86-99, 119, 132
ウェットストーン、ジョージ（George Whetstone）　124
　　『プロモスとカサンドラ』（*Promos and Cassandra*）　124
ウェヌス（Venus、英語名ヴィーナス Venus）　75-76, 79-86, 96-98
ウェルギリウス（Publius Vergilius Maro, 英語名 Virgil）　127
　　『アエネーイス』（*Aeneis*）　101-102, 104
ウォーナー、ウィリアム（William Warner）　25
エイドリアーナ（Adriana）　29, 34, 36-37, 39-40, 45
エヴァンス、G. ブレイクモア（G. Blakemore Evans）　116
エーコー（Echo）　22, 55, 58-63, 65-66, 72
エクプラシス（ekphrasis）　22-23, 101-104, 112-113, 115
エナルゲイア（enargeia）　101-103, 112, 115
エミリア（Emilia）　34, 46
エラスムス（Erasmus）　103
エリオット、トマス（Thomas Elyot）　120, 122
　　『為政者論』（*The Boke Named the Governour*）　120, 122
エロース（Eros）　89
エロティウム（Erotium）　32, 36-39, 50
オウィディウス（Publius Ovidius Naso, 英語名 Ovid）　21-23, 55-56, 58-59, 65-66, 70-73, 75-76, 79-86, 93-94, 96-97, 119-124, 126-127
　　『祭事暦』（*Fasti*）　119
　　『変身物語』（*Metamorphoses*）　23, 55-56, 67, 72-73, 75-76, 97, 119-124, 126-127
王政復古期（Restoration）　129
オーシーノー（Orsino）　57-58, 63, 66, 68
『オックスフォード英語辞典』（*The Oxford English Dictionary*= OED）　11, 129
オフィーリア（Ophelia）　105, 108, 110-115
オリヴィア（Olivia）　57-58, 63-64, 66, 68-69, 72

【か行】
ガートルード（Gertrude）　105, 112, 115

ガルニエ、ロベール（Robert Garnier）　　125
　『マルク・アントワーヌ』（*Marc Antoine*）　　125
ガワー、ジョン（John Gower）　　16, 119, 126
　『恋人の告解』（*Confessio Amantis*）　　119, 126
キーツ、ジョン（John Keats）　　101-102
　「ギリシアの壺に寄せるオード」（"Ode on a Grecian Urn"）　　101
キトリッジ、ジョージ・ライマン（George Lyman Kittredge）　　69
キャクストン、ウィリアム（William Caxton）　　124
ギャスコイン、ジョージ（George Gascoigne）　　120
　『取り違え』（*Supposes*）　　120
キャムデン、ウィリアム（William Camden）　　126
　『ブリテン史拾遺』（*Remaines of a Greater Worke Concerning Britain*）　　126
キュプリス（Κύπρις, Kypris）　　76-78, 85
ギリシア神話　　55, 58, 76, 80, 86, 93, 97-98
クインティリアーヌス（Marcus Fabius Quintilianus, 英語名 Quintilian）　　103
グラフトン、リチャード（Richard Grafton）　　118
　『詳説イングランド年代記』（*A Chronicle at Large of the History of the Affayres of England*）　　118
グラマー・スクール（Grammar School, Stratford-upon-Avon）　　10, 16, 20
グリーン、ロバート（Robert Greene）　　16, 127
　『パンドスト』（*Pandosto*）　　127
『グレイズ・イン法学院録』（*Gesta Grayorum*）　　48
形而上学（metaphysics）　　65
ケーフィーシウス（Cephisius）　　56
ケーフィーソス川（Cephisos）　　56
『ゲスタ・ロマノールム』（*Gesta Romanorum*「ローマ人行状記」）作者不詳　　122
ゴールディング、アーサー（Arthur Golding）　　119-124, 126-127
古典（Classics）　　9-13, 15-24, 51-52, 55, 75, 94, 96-97, 101-103, 110, 124, 130-132

【さ行】
サクソ・グラマティカス（Saxo Grammaticus）　　123
　『デンマーク史』（*Gesta Danorum*）　　123
サビー、フランシス（Francis Sabie）　　127

『水夫の物語』(*The Fisher-man's Tale*)　127
『フローラの運命』(*Flora's Fortune*)　127
サリー伯ヘンリー・ハワード（Earl of Surrey, Henry Howard）　126
『ジャジャ馬ナラシ』(*The Taming of a Shrew*) 作者不詳　120
シェイクスピア、ウィリアム（William Shakespeare）
　『アントニーとクレオパトラ』(*Antony and Cleopatra*)　10, 18, 125
　『ヴィーナスとアドーニス』(*Venus and Adonis*)　22-23, 75-76, 97-98, 132
　『十二夜』(*Twelfth Night*)　22-23, 55-57, 63, 67, 71-73, 123
　『ジュリアス・シーザー』(*Julius Caesar*)　10, 123
　『シンベリン』(*Cymbeline*)　102-104
　『ハムレット』(*Hamlet*)　104-105, 112, 115, 123
　『ルークリースの凌辱』(*The Rape of Lucrece*)　102
　『間違いの喜劇』(The *Comedy of Errors*)　10, 22-23, 25, 28, 35-37, 39, 47-48, 52, 54, 119, 133
『シーザーとポンピー』(*The Tragedy of Caesar and Pompey, or Caesar's Revenge*) 作者不詳　123
シザーリオ（Cesario）　63, 68
シドニー、フィリップ（Sir Philip Sidney）　120, 125-126
　『アーケイディア』(*Arcadia*)　120, 125-126
　『詩の弁護』(*The Defence of Poesy*)　126
「死亡したアドーニスに」(ΕΙΣ ΝΕΚΡΟΝ ΑΔΩΝΙΝ)　78, 94
宗教改革（Protestant Reformation）　10-11
シュミット、アレグザンダー（Alexander Schmidt）　69, 73
ジョヴァンニ・フィオレンティーノ（Ser Giovanni Fiorentino）　122
　『イル・ペコローネ』(*Il Pecorone*「愚か者」)　68
『ジョン王の乱世』(*The Troublesome Raigne of John King of England*) 作者不詳　120
ジョーンズ、エムリス（Emrys Jones）　22
　『シェイクスピアの起源』(*The Origins of Shakespeare*)　22
ジョンソン、ベン（Ben Jonson）　15, 17, 19-20, 24-25
　『発見録』(*Timber, or Discoveries*)　15
新旧論争（Ancient and Modern Controversy）　12-13, 15, 18
人文主義（humanism）　10, 17, 21-23
シンポジウム（symposium）　129, 133
スタッドレー、ジョン（John Studley）　125

ストウ、ジョン（John Stow）　　121-122
　『イングランド年代記』（*The Chronicles of England*）　　121-122
ストレイチー、ウィリアム（William Strachey）　　127
　『ストレイチー書簡』（*A True Reportory of the Wracke and Redemption of Sir Thomas Gates, Knight*, by William Strachey）　　127
スペンサー、エドマンド（Edmund Spenser）　　43, 122, 125-126
　『嘆きの歌』（*Complaints*）　　126
　『妖精の女王』（*The Faerie Queen*）　　43, 122, 125
セネカ（Lucius Annaeus Seneca）　　14, 120, 125
　『アガメムノン』（*Agamemnon*）　　125
　『テュエステス』（*Thyestes*）　　120
　『メデア』（*Medea*）　　125
ソネット（sonnet）　　21, 88, 126
ソライナス（Solinus）　　50

【た行】
「タイタス・アンドロニカスなる高貴なローマ人の物語と題された本」（*A booke intitled a Noble Roman History of Titus Andronicus*）作者不詳　　120
　　「そのバラッド」作者不詳　　120
タッソー、トルクアート（Torquato Tasso）　　127
　『解放されたエルサレム』（*Gerusalemme Liberata*）　　127
ダニエル、サミュエル（Samuel Daniel）　　121-123, 125-126
　『クレオパトラ』（*The Tragedy of Cleopatra*）　　125
　『ディーリア』（*Delia*）　　126
　『ランカスター・ヨーク両家の内戦』（*The First Fowre Books of the Ciuile Warres betweene the Two Houses of Lancaster and Yorke*）　　121
　『ロザモンドの嘆き』（*The Complaint of Rosamond*）　　126
チャプマン、ジョージ（George Chapman）　　124
長短短調6歩格（dactylic hexameter）　　77
チョーサー、ジェフリー（Geoffrey Chaucer）　　16, 119, 121, 124, 128
　『カンタベリー物語』（*The Canterbury Tales*）　　121, 128
　『善女伝説』（*The Legend of Good Women*）　　119
直説法現在形（indicative present）　　60
直喩（simile）　　60

チンティオ、ジョヴァンニ・ジラルディ（Cinthio, 伊名 Giambattista Giraldi Cinzio）　124
　『百物語』（*Gli Ecatommiti*）　124
ディアーナ （Diana、ギリシア神話のアルテミス Ἄρτεμις）　80
テイラー、A. B.（A. B. Taylor）　24
テオクリトス（Θεόκριτος, Theocritus）　78-79, 84
頭韻（alliteration）　67
ドライデン、ジョン（John Dryden）　18
　『すべて恋のために』（*All for Love, or The World Well Lost*）　18
　『トロイラスとクレシダ』（翻案）（*Troilus and Cressida*）　18, 124
ドローミオ（Dromio）　29-30, 40, 45, 48-49
トワイン、ロレンス（Laurence Twine）　126
　『苦難の冒険の典型』（*The Pattern of Painful Adventures*）　126

【な行】
夏目漱石　116
　『草枕』　113-114
ナルキッスス（Narcissus）　22, 55-61, 63, 65-67, 69-72
「ナルキッススとエーコー」（'Narcissus and Echo', Book 3. 339-510）
二詞一意（hendiadys）　77
ニュンフェー（nymphe）　58-59, 66, 72
ノウルズ、リチャード（Richard Knolles）　124
　『トルコ人の歴史』（*The Generall Historie of the Turkes*）　124
ノース、トマス（Thomas North）　120-121, 123, 125-126, 128

【は行】
ハースネット、サミュエル（Samuel Harsnett）　125
　『途轍もない教皇派のまやかしに関する報告』（*A Declaration of Egregious Popishe Impostures*）　125
ハミルトン（Donna B. Hamilton）　48
ハリングトン、サー・ジョン（Sir John Harington）　122
バンデロ、マテオ（Matteo Bandello）　121-122, 124, 127
　『物語集』（*Novelle*）　121-122, 124, 127

ビオーン（Βίων）　　76, 78-79, 83, 85-86
「アドーニス哀悼歌」（Ἀδώνιδος ἐπιτάφιος）　　76
ヒッポメネース（Hippomenes）　　79, 82
比喩　　48, 55, 58-60, 71-72, 131
ピンチ（Pinch）　　32, 40
『風刺詩』（*Sermones, Satires*）　　126
フェアファクス、エドワード（Edward Fairfax）　　127
フェイビアン、ロバート（Robert Fabyan）　　118
　『イングランドとフランスの新年代記』（*New Chronicles of England and France*）　　118
フェルトン、ヘンリー（Henry Felton）　　12
フェントン、ジェフリー（Geoffrey Fenton）　　121-122, 124, 127
フォックス、ジョン（John Foxe）　　118, 120, 127
　『殉教者の書』（*The Book of Martyrs*）　　118, 120
　『迫害の実録』（*Acts and Monuments of These Latter Perilous Days*）　　127
プラウトゥス（Titus Maccius Plautus）　　10, 14, 23, 25-26, 28, 30, 32-33, 35, 38-39, 47-48, 50, 52, 119, 133
　『アンピトルオ』（*Amphitryon*）　　54, 119
　『メナエクムス兄弟』（*The Brothers Menaechmus*）　　22, 25-26, 28, 30, 35-37, 39, 46-48, 50, 52, 54, 119
プリモデ、ピエール・ド・ラ（Pierre de La Primaudaye）　　120
　『フランス・アカデミー』（*L'Académie française*）　　120
プルタルコス（Πλούταρχος, Plutarch）　　10, 120-121, 123, 125-126, 128
　『対比列伝』（*Parallel Lives*）　　10
ブルック、アーサー（Arthur Bro(o)ke）　　121
　『ロミウスとジュリエットの悲劇的物語』（*The Tragical History of Romeus and Juliet*）　　121
ブロー、ジェフリー（Geoffrey Bullough）　　21, 25
　『シェイクスピア粉本集成』（*Narrative and Dramatic Sources of Shakespeare Volumes I-VIII*）　　25, 118
プロテスタンティズム（Protestantism）　　11
フロワサール（Jean Froissart）　　119
　『年代記』（*Chroniques*）　　119
ヘイウッド、ジャスパー（Jasper Heywood）　　120
ベイコン、フランシス（Francis Bacon）　　15

ベイト、ジョナサン（Jonathan Bate） 21
 『シェイクスピアとオウィディウス』(*Shakespeare and Ovid*) 21
ペインター、ウィリアム（William Painter） 119, 124
 『悦楽の宮殿』(*The Palace of Pleasure*) 119, 124
ヘーパイストス（Hephaistos）（ローマ神話のウォルカーヌス Vulcanus） 77
ペトラルカ、フランチェスコ（Francesco Petrarca） 88, 126
 『カンツォニエーレ』(*Canzoniere*) 88
ペニクルス（Peniculus） 26
ベルフォレ、フランソワ・ド（François de Belleforest） 121-122, 124, 127
 『悲劇物語集』(*Histoires Tragiques*) 121, 124, 127
変装 63, 68-70
ヘンダーソン、A. A.（A. A. Henderson） 73
ヘンリソン、ロバート（Robert Henryson） 124
 『クレセイドの遺言』(*The Testament of Cresseid*) 124
ボイアルド、マテオ・マリア（Matteo Maria Boiardo） 125
 『タイモン』(*Timon*) 125
ホール、エドワード（Edward Hall(e)） 118-122
 『ランカスター、ヨーク両名家の和合』(*The Union of the Two Noble and Illustre Families of Lancaster and York*) 118-122
ボールドウィン、ウィリアム（William Baldwin） 119, 121, 123, 125
 『為政者の鑑』(*The Mirror for Magistrates*) 119, 121, 123, 125
ボールドウィン、T. W.（T. W. Baldwin） 19-20, 53
 『ウィリアム・シェイクスピアのわずかなラテン語と、それより乏しいギリシア語』(*William Shakespeare's Small Latine and Lesse Greeke*) 19
ボッカチョ、ジョヴァンニ（Giovanni Boccaccio） 127-128
 『テセイダ』(*Teseida*) 128
 『デカメロン』(*Il Decamerone*) 127
ホメロス（Ὅμηρος, Homer） 124
 『イーリアス』(Ἰλιάς, 英語名『イリアッド』*Iliad*) 101, 104, 124
ホラーティウス（Quintus Hratius Flaccus, 英語名 Horace） 84, 103, 126
 『エポーディー』(*Epodi*) 126
 『歌章』(*Carmina*) 84
 『詩学』(*Ars Poetica*) 103
ホランド、フィリーモン（Ohilemon Holland） 126
ホリンシェッド、ラファエル（Raphael Holinshed） 118-123, 125, 127
 『イングランド、スコットランド、アイルランドの年代記』(*The Chronicles of*

England, Scotland and Ireland）　　118-123, 127
　『ボルドーのユオン』（Huon of Bordeau）作者不詳　　121

【ま行】
マーティンデイル、チャールズ（Charles Martindale）　　24
マーロウ、クリストファー（Christopher Marlowe）　　122
　『マルタ島のユダヤ人』（*The Jew of Malta*）　　122
マイオラ、ロバート・S（Robert S. Miola）　　25
マフッド、M. M.（M. M. Mahood）　　65, 73
マルヴォーリオー（Malvolio）　　57
ミアズ、フランシス（Francis Meres）　　24
　『知恵の宝庫』（*Palladis Tamia: Wits Treasury*）　　24
ミルトン、ジョン（John Milton）　　41
　『失楽園』（*Paradise Lost*）　　41, 52
ミレー、ジョン・エヴァレット（John Everett Millais）　　105, 112-115
　「オフィーリア」（絵画）（"Ophelia"）　　112-113
メッセニオ（Messenio）　　28-29, 50
メナエクムス（Menaechmus）　　26, 28-29, 33, 35-39, 46-47, 50
モンテマヨール、ホルヘ・デ（Jorge de Montemayor）　　120
　『魅せられたディアナ』（*Diana Enamorada*）　　120

【や行】
ユーノー（Iuno, ギリシア神話のヘーラー Ἥρα）　　59, 63, 65
ユッピテル（Iuppiter, Jupiter, ギリシア神話のゼウス Ζεύς）　　47, 59

【ら行】
『リア王実録年代記』（*The True Chronicle History of King Leir*）作者不詳　　125
リーリオペー（Liriope）　　56
リウィウス（Titus Livius, 英語名 Livy）　　126
　『建国以来のローマ史』（*Ab Urbe Condita Libri*）　　126
リッチ、バーナビ（Barnabe Rich(e)）　　122, 123-124
　『軍務よさらば』（*Farewell to Militarie Profession*）　　122-123
　『ブルサヌス』（*The Adventures of Brusanus, prince of Hungaria*）　　124

リドゲイト、ジョン（John Lydgate）　124
　『トロイの書』(*The Troy Book*)　124
リリー、ジョン（John Lyly）　120, 122
　『エンディミオン』(*Endimion*)　122
　『ユーフュイーズ』(*Euphues, the Anatomy of Wit*)　120
ルイス、C.S.（C.S.Lewis）　89
ルキアノス（Lucianus, 英語表記 Lucian）　125
　『タイモンの対話篇』(*The Dialogue of Timon*)　125
ルシアーナ（Luciana）　33, 37
ルネサンス（Renaissance）　11, 98, 103, 124
ルフェーヴル、ラウル（Raoul Lefevre）　124
　『トロイ物語大成』(*Recuyell of the Historyes of Troye*)　124
ロー、ジョン（John Roe）　93
ロッジ、トマス（Thomas Lodge）　16, 123
　『ロザリンド』(*Rosalynde*)　123
ロンサール、ピエール・ド（Pierre de Ronsard）　126

【わ行】
ワイアット、トマス（Sir Thomas Wyatt）　126

執筆者紹介

小林潤司　（こばやし　じゅんじ）

　　大阪市立大学大学院文学研究科博士後期課程単位取得。鹿児島国際大学国際文化学部教授。著書『シェイクスピアを学ぶ人のために』（共著、世界思想社、2000年）、論文「監禁と解放の劇場――『第二の乙女の悲劇』のダブル・プロット構造の再検討」『英文学研究』支部統合号第3巻（日本英文学会、2011年）など。

杉井正史　（すぎい　まさし）

　　京都大学大学院文学研究科修士課程修了。大阪市立大学文学研究科教授。大阪市立大学博士（文学）。著書『シェイクスピア喜劇の隠喩的メッセージ――初期喜劇を中心に』（大阪教育図書、2000年）、『シェイクスピア喜劇の象徴的技法』（大阪教育図書、2004年）など。

廣田麻子　（ひろた　あさこ）

　　大阪市立大学大学院文学研究科博士後期課程単位取得。大阪市立大学大学院看護学研究科講師。著書『舞台の花――英国演劇・バレエ評論集』（英光社、2009年）、『医療看護英語論集』（英光社、2007年）など。

高谷　修　（たかや　おさむ）

　　京都大学大学院文学研究科修士課程修了。京都大学大学院人間・環境学研究科准教授。論文「"By Force to ravish, or by Fraud betray"――『髪の毛盗み』における古典叙事詩のモチーフについて」日本ジョンソン協会編『十八世紀イギリス文学研究　交渉する文化と言語』第4号（2010年）、「Nisus と Euryalus の死――ドライデンのウェルギリウス翻訳の一面」『英文学評論』第83集（2011年）など。

シェイクスピア 古典文学と対話する劇作家

2014年2月28日 初版第1刷発行　　定価はカバーに表示しています

著　者　　小林潤司、杉井正史
　　　　　廣田麻子、高谷　修

発行者　　相坂　一

発行所　　松籟社（しょうらいしゃ）
〒612-0801　京都市伏見区深草正覚町1-34
電話　075-531-2878　振替　01040-3-13030
url　http://shoraisha.com/

Printed in Japan　　　印刷・製本　モリモト印刷株式会社

Ⓒ 2014　ISBN978-4-87984-324-1　C0098